中小学生不得不读的故事丛书

让青少年学会
生活自立的故事

本书编写组◎编

U1006275

每一个好故事，都会带你种下完美人生的种子；每一个好故事，都是我们领悟人生的一盏明灯；每一个好故事，都是我们人生的一块基石。它给我们智慧的启迪，让我们抓住希望。对今天更加珍惜，对明天充满自信！

世界图书出版公司
广州 · 北京 · 上海 · 西安

图书在版编目（CIP）数据

让青少年学会生活自立的故事 /《让青少年学会生活自立的故事》编写组编．—广州：广东世界图书出版公司，2010.6（2024.2 重印）

ISBN 978－7－5100－1503－8

Ⅰ．①让…　Ⅱ．①让…　Ⅲ．①故事－作品集－世界　Ⅳ．①I14

中国版本图书馆 CIP 数据核字（2010）第 116806 号

书　　名	让青少年学会生活自立的故事 RANG QINGSHAONIAN XUEHUI SHENGHUO ZILI DE GUSHI
编　　者	《让青少年学会生活自立的故事》编写组
责任编辑	韩海霞
装帧设计	三棵树设计工作组
出版发行	世界图书出版有限公司　世界图书出版广东有限公司
地　　址	广州市海珠区新港西路大江冲 25 号
邮　　编	510300
电　　话	020-84452179
网　　址	http://www.gdst.com.cn
邮　　箱	wpc_gdst@163.com
经　　销	新华书店
印　　刷	唐山富达印务有限公司
开　　本	787mm × 1092mm　1/16
印　　张	10
字　　数	120 千字
版　　次	2010 年 6 月第 1 版　2024 年 2 月第 11 次印刷
国际书号	ISBN　978-7-5100-1503-8
定　　价	48.00 元

前　言

FOREWORD

《易经》上说：“天行健，君子以自强不息；地势坤，君子以厚德载物。”2000多年前的老子也告诉我们君子当自立自强。易卜生先生曾经说过：“世界上最坚强的人就是独立的人。”陶行知先生则说：“滴自己的汗，吃自己的饭，靠人，靠天，靠祖上，不算好汉。”是的，只有自立的人才会有所作为，只有自立的国家才不会受欺负，实现繁荣富强。人要学会自立，更要懂得自立。不经历地狱的磨炼，不能造出美好的天堂；没流过血的手指，无法弹出世间的绝唱。只有顽强自立地生活，才能体验生活的美好。人人都应该自立，绝不该沾染上懦弱依附的风气。人人都应该自强，决不能让自己成为他人轻蔑的笑谈。我们唯有自立自强，才能成长为真正完善的人。

青年人犹如一棵棵嫩嫩的青草，确实需要一些爱心的呵护。但是，在被呵护的过程中，也同样要学会自立。不然的话，假如哪一天失去了呵护，那又该当如何？难道眼睁睁看着自己在狂风暴雨中自生自灭吗？

总有一天我们会长大，总有一天事情要我们自己解决，要自己面对。我们不能时时事事都依赖于他人，否则，迟早会被日新月异的社会所淘汰。

只有自立才能自强，自立是成功的先决条件，自立是自信的表现，自立是一种积极向上的精神。

任何一个个人，任何一个国家和民族都需要自立自强。

本书分为立志才能立人、在逆境中抬头、在勤奋中站立、挺起不屈的脊梁、在追求中立身5章，共120多个生活自立的故事。本书取材广博，选例典型，叙事简明，重点突出。

本书荟萃了生活自立的各种故事，犹如人生培养健全人格必备的修养全书，如能认真阅读和深入思考，定能让你看透人生的迷雾，使自己变得洞察世事，人情练达，从而走向更加成功和灿烂的辉煌明天。

在编撰过程中，由于受资料和学识所限，不足之处在所难免，欢迎广大读者提出建议和批评，以便将来再版时采纳和改正。

目录

CONTENTS

立志才能立人

定要走遍五岳九州

丈夫志四海，万里犹比邻。

——曹　植

徐霞客是我国明朝末年著名的地理学家，也是一个出色的旅行家。他出身富裕，家里有大批的良田和奴仆。徐霞客虽然生长在这样一个封建地主家庭，却没有染上官宦气。从幼年开始，他就厌烦升官发财那一套。他努力学习，但不读空洞陈腐的八股文，而喜欢读历史、地理和旅游探险这一类书。有一次，他坐在窗前的丁香树下读书，读着读着，忽然"咯咯"地笑出声来。母亲好奇地问："笑什么呀？"他回答说："书上说有个学者的志向很大，天下有九州，他要走遍八州；有五岳，他要登上四岳。依我看，他的志向还不大。要是我，非走遍九州，登遍五岳不可。"那时，徐霞客才10岁，但却已经立下了要走遍五湖四海、考察祖国地理面貌的志向。

从22岁起，徐霞客正式开始进行旅行考察。在前后34年的时间里，他长年与山水为伍，同云霞做伴。东到普陀，西至腾冲，北达盘山，南临崇左，足迹踏遍了15个省区。当时没有什么交通工具，他长途跋涉全靠两条腿；也没有任何科学仪器，考察的方法非常原始。他在旅途中历经千辛万苦，碰到了无数次的艰难险阻。

有一次，他在广西境内考察水道，由于不适应那儿潮湿闷热的气候，和同伴两人都病倒了，一连好些天高烧不退。那天早晨他从迷糊中醒来，发现同伴已经去世了。徐霞客从病魔中挣扎出来，埋葬了同伴的尸体又独身一人穿行在南方的山山水水中。

徐霞客所到的地方，多是人迹稀少的穷乡僻壤，所考察的主要是陡峭的山峰和急流峡谷。有时为了攀登悬崖峭壁，他像猴子那样攀藤附葛；为了探测深邃的山洞，他经常伏地爬行。有一次，在考察雁荡山时，他看到顶峰上的一块大石头好像劈开了，就想顺着石壁下去看看。石壁跟刀背一样，怎么下呢？他把包脚布解下来，系在一起连成一条带子，上头拴在一棵大树上，两手抓住带子的另一头往下垂落，下到石壁下的台阶上。下去后，却发现台阶很小，仅有落脚的地方，再往下就是万丈深渊了。由于无路可走，只好再爬上去。当他抓着带子刚刚登上悬崖，带子就被岩石磨断了，他险些跌下万丈深渊送掉性命。

在整个考察过程中，他曾几次陷于绝境。一次在湘江乘船时，一群强盗把他的行李和旅费抢劫一空，他跳到水里才得以逃命。他四次断粮，只好靠卖衣服维持，或采些野果充饥。但徐霞客从来没有被困难吓倒过。

通过艰苦的考察，徐霞客取得了许多重大的成就。例如他指出长江的源头是金沙江，纠正了源头在岷山的说法。他提出形成石灰岩地貌的重要原因是由于水的作用，成为世界上第一个对石灰岩地貌进行科学分析的人。他的考察内容很广泛，包括各种地理现象，山脉、河流、岩石、土质、水源、气候等无所不包。

难能可贵的是，在长达 34 年的考察中，徐霞客不管多么劳累，晚上都要点起油灯，把当天的经历和收获记录下来，后来整理成为一部地理考察专著——《徐霞客游记》，为后人留下了珍贵的地理资料。

从小立志的张仲景

有志者事竟成。

——《后汉书》

1700多年前的东汉末年，张仲景诞生在南阳郡的一个大家族里。那时正是社会动乱、军阀争战的时期，加上各种自然灾害，人民的生活非常艰苦，各种瘟疫多次流行。张仲景家是一个有着200多口人的大家族，在不到10年的时间里，2/3的人被瘟疫夺去了性命。小仲景经常看到大人们号啕大哭，埋葬一个又一个的死人。他既恐惧又伤心，小小的心灵有了强烈的愿望：长大以后要像扁鹊那样救死扶伤，给群众看病，制服瘟疫。

从此，他努力钻研医学，拜同乡名医张伯祖为师，孜孜不倦地刻苦学习，在年轻的时候就掌握了丰富的医学知识。有一段时间，张仲景当过南阳太守，不过他认为治病救人比当官更重要，所以，常常在知府大堂上为病人看病。现在好多中药店叫××堂，如同仁堂、胡庆余堂等，就是那样传下来的。后来，他看不惯官场上的腐败黑暗，就辞官回家，专心研究医学，一心要制服瘟疫。他翻遍古代医书，“勤术古训”，“博采众方”。对古人的经验和劳动人民的经验下苦功分析验证，根据自己的看病实践，逐渐掌握了“辨证论治”医治瘟疫的方法。

一年夏天，湖南一带瘟疫流行，有个伤寒病患者（指霍乱、痢疾等传染病）头痛发烧，肚子胀得像面小鼓，吃了发汗药不见好转，家人请来了张仲景。张仲景观察病人情况后，认为病在表皮时用一般的发汗药能治好，现在他的病已经到了身体内部，再用发汗药就会引起虚脱。他根据自己的分析开了药方，病人很快得到了好转。

就这样，张仲景在瘟疫流行期间，用“辨证论治”的方法，挽救了许多人的生命。

张仲景在治病的实践中，不断总结和创造，不但摸索出了“辨证论治”的治疗原则和方法，还发明了许多具体有效的医疗技术。

有一次，有个人上吊自杀，被人救下来时，已经没气了。大家以为他已救不活，就找来一口棺材，准备把他装到棺材里埋掉。当时，张仲景正好路过，他想，这个人虽然没气了，但也许是憋昏了，说不定还可以救活。怎么救呢？他想起对落在水里淹昏的小猪，农民有一种救活的办法，这个办法是不是可以用来试一试呢？于是，他叫人把上吊的人放到床板上，让两个人分别把“死人”的两只胳膊抬起放下，连续运动。他自己用手掌在“死人”的胸脯上压一下又松一下，和抬胳膊的两个人配合动作。这样连续做了好一会儿，那个人慢慢地有了呼吸，最后活了过来。

张仲景抢救上吊的人的方法，其实就是现在的“人工呼吸法”。这种方法，在许多情况下都能起到急救的作用。

张仲景不但自己善于吸取前人和旁人的经验，而且还很重视医疗经验和治疗技术的传播。他写过好多书，其中最有名的是《伤寒杂病论》。后人把它分成了两部分，一部叫《伤寒论》，一部叫《金匮要略》。这两部书一直流传至今。张仲景的这两部著作，奠定了中医治疗学的基础。现在它们仍然是医生们学习研究中医理论和临床治疗的重要典籍，有很高的实用价值，被世界医学界视为金科玉律。

像英雄们那样

志当存高远。

——诸葛亮

提起烧鸦片，人们很自然地会联想到鸦片战争，怀念近代中国第一位民族英雄林则徐。

林则徐，字元抚，又字少穆、石麟，1785 年 8 月 30 日出生于福建侯官一个较贫寒的家庭。在求学期间和中举人后，因家庭经济困难，他曾几次出外谋生，当过衙门文书，也做过塾师。这使他较为接近人民群众，对民间情况有所了解。他博览诸子百家，注意“经世致用”，对岳飞、文天祥、于谦、郑成功等历史上的一些英雄人物，十分敬仰，立志成为他们那样的人。

1838 年 12 月 31 日，道光皇帝任命林则徐为钦差大臣，节制广东水师，前往广州查禁鸦片。

林则徐素来注意广泛听取意见和重视调查。早在江苏做官时，他就亲自榜书了一副约束自己的堂联：“求通民情，愿闻己过。”上联提醒自己了解群众的情况和疾苦，下联鼓励人们敢于向自己提意见。出任钦差大臣，仍然是这种作风。当路过安徽舒城时，林则徐听说当地有位士绅几年前在广东香山县任官期间曾查获不少鸦片。于是，林则徐向他详细探询广东方面鸦片走私、烟毒泛滥的情况。他沿途拜会了很多地方官员和士绅，打听鸦片走私的情况。1839 年 3 月 2 日，林则徐在江西旅途中，及时向广东布政司、按察司发出逮捕 61 名重要烟犯的密令。钦差大臣在上任途中，就显示出他的禁烟威力。到了广州后，他下令查封所有烟馆，速缴鸦片烟土。他不顾英国驻中国商务监督查理·义律的恫吓，命令英国的 22 艘鸦片趸船，全部开到虎门。

1839 年 6 月 3 日下午 2 时，林则徐登上虎门海滩的礼台，震动世界的虎门销烟，在隆隆的礼炮声和广大群众的欢呼声中开始了！销烟连续进行了 23 天，230 多万斤鸦片全被销毁。

林则徐永远值得纪念，他的业绩对人们一直起着鼓舞作用。

做救人的医生

> 锲而舍之，朽木不折；锲而不舍，金石可镂。
>
> ——《荀子·劝学》

隋唐民间医学家孙思邈是我国著名的“药王”。他一生不求高官厚禄，几十年如一日，一心为老百姓解除病痛。

在少年时代，孙思邈对医学的重要性并不十分了解。那时，他对文学很感兴趣，立志要写出流芳百世的好文章来。但后来发生的一场灾难，使他改变了志向。

那一年，孙思邈的家乡发生了严重的旱灾，庄稼枯死，颗粒无收。紧接着瘟疫也流行开来，死者不计其数，有的村庄成了无人乡。孙思邈也染上了瘟疫。就在他生命垂危的时候，一位云游郎中用几副良药救了他，把他从死神手中抢救过来。

大难不死，孙思邈感触很深。他深深体会到，功名利禄比起人的生命来是那样的微不足道。在瘟疫面前，自己能写好文章又有什么用呢？如果能有一手高明的医术，那对挽救人的生命是太重要了。从此，他收拾起文章诗书，到处寻求医书药典，立志做一个有作为的民间医生。

由于孙思邈能诗善赋的名声太大，就在他抛却功名立志行医后不久，朝廷传来圣旨，隋文帝让他去当国子监博士。这是多少文人苦苦追求的官位，可孙思邈毫不动心，他对钦差大臣说："富贵功名哪有人的性命要紧，请大人回复皇上，我难以从命。"他知道皇上的旨意是不能违背的，现在自己拒绝了圣旨定会遇到麻烦。于是，他告别家人，开始了云游四方的行医生涯。

孙思邈在民间行医的大部分时间是在山区度过的。有一年，山里人的脖子突然粗了起来，得了一种大脖子病。得病的人浑身没力气，不能干重活，但吃起饭来却食量惊人，肚子还老是觉得饿。孙思邈知道吃海生植物能治这种病，可是山区离海太远，远水解不了近渴。他就摸索出一种治病方法，用羊和鹿的甲状腺来治，治好了许多人。

孙思邈一心一意用自己的医术为人们治病，只要病人有一丝希望，他是从来不放弃的。有一天，孙思邈在路上看到四个人抬着一口棺材往野山走去，棺材底下的缝里滴着鲜血。他问道："这里面的人怎么死的，死了多少时间了？"人家告诉他，棺材里是一个难产而死的产妇，死了有几个时辰了。孙思邈让他们把棺材放下，说："看血的颜色，或许还有救，快把盖子打开吧。"大家对孙思邈很信任，就一齐动手打开了棺盖。孙思邈摸了产妇的脉象，选好一个穴位给她扎针。时间不长，一个婴儿呱呱落地了，产妇也醒了过来。孙思邈一针救了母子两条命。

孙思邈高尚的医德和高超的医术传到了唐太宗的耳朵里，唐太宗把他召到京师，要他担任谏议大夫。唐太宗虽然是个明君，但孙思邈还是谢绝了，因为他不想做官。尽管那时孙思邈已是90岁的高龄了，他还是不辞辛苦，在民间为黎民百姓治病。他把自己的研究成果和治疗经验加以整理，写出了2部药学巨著《千金要方》和《千金翼方》。“药王”的美称也从此载入了史册。

为天下穷人行医看病

石可破也，而不可夺坚；丹可磨也，而不可夺赤。

——《吕氏春秋·诚廉》

屋外狂风呼啸，破旧的房屋摇摇欲坠，随时都会倒塌。屋里悲惨凄伤，刘完素患病的母亲刚刚死去。刘完素知道，母亲的病要是及时治疗是能治好的，但由于家庭贫困无钱请医生，母亲硬是让疾病给拖死了。刘完素大哭一场，埋葬了母亲。他立志要学医，做一个有用的医生，为天下穷人行医看病。从此，他开始云游四方，一边拜师学医，一边为人治病。浪迹天涯许多年后，最后在河北河间县定居下来。

刘完素聪明，医术精湛，而且他本来就是抱着为穷人看病的信念，所以很受群众欢迎。金国皇帝知道他的本事和品行后，三次请他做官，都被他拒绝了。他用毕生的精力研究医学，始终在民间行医。

刘完素的钻研精神十分感人，对所研究的问题总是力求透彻全面，决不肤浅草率。一本《黄帝内经》，他花了几十年的时间细细研究，从25岁直到60多岁，真是从少壮到白头。

正是在这种深入研究、务求精通的治学思想指导下，刘完素取得了很大的成就。他发现北方地区气候干燥，天气寒冷，很多人都爱饮酒。所以疾病多以热性病为主。可医生往往不注意这个特点，给病人服用含有温燥芳香药的成药，反而使病人病情加重。针对这种情况，刘完素奋笔著书，提出这样治疗的危害性，还讲述对这些热性病应该如何治疗。他用前人的经验对热性病的发病机制作了总结，还把热性病的类型扩充到50多种。这些，构成了刘完素学术思想的核心。刘完素还开创过其他疾病的治病新路，是很有成就的一代名医。

为了法兰西的解放

岁寒，然后知松柏之后凋也。

——《论语·子罕》

1890年11月22日，戴高乐生在里尔一个天主教的家庭。父亲亨利·戴高乐参加过普法战争，当过教员，他的强烈的民族主义思想感情对戴高乐影响很深。他10岁时就向父亲表示立志从戎。

1909年，戴高乐考上圣西尔军校，开始军人生活。1912年军校毕业后任少尉军官。不久，他被派往第33步兵团供职，颇得贝当团长的重视，第二年就晋升为中尉。1914年8月第一次世界大战爆发后，戴高乐随步兵团开赴前线。大战期间，戴高乐受过3次伤，得到3次嘉奖。1916年被俘，曾5次试图脱逃，均未成功，直到大战结束，才获得了自由。1919～1921年，戴高乐作为法国军事代表团的少校成员到达波兰，指挥波兰白匪军武装干涉苏俄的战争，获得过波兰最高勋章。10月，戴高乐回到了巴黎。

在二三十年代，戴高乐作为贝当的幕僚，来往于莱茵区、近东执行军事使命，并致力于战略和军事理论的研究。1932年，他出版了《剑刃》一书。1934年，又出版了《建立职业军》一书。1937年底，戴高乐晋升上校，任第507坦克团上校团长，人们给他取了个外号叫“摩托上校”。

第二次世界大战爆发后，法国统治当局依凭“马其诺防线”，宣而不战。当时，戴高乐率部驻守亚尔萨斯，几次写信给总参谋部，呼吁建立装甲部队，指出“在这场战争中消极被动要遭失败”。1940 年 3 月，雷诺组阁。戴高乐又写信给他，力主改革。5 月，德军突然袭击，侵入荷兰、比利时、卢森堡，突入法国北部。戴高乐受命指挥第四装甲师，在拉昂、阿布维尔一带进行阻击。可是由于以贝当、魏刚为首的军界头目鼓吹失败主义，不予支援配合，戴高乐部队孤军败战。6 月 5 日，雷诺任命戴高乐为国防和陆军部次长。戴高乐力主抵抗，曾两度飞往伦敦，向英国人表示雷诺政府抗战到底的决心。

6 月 14 日，巴黎陷落，法国沦亡。在这个严重关头，戴高乐离法赴英，于 6 月 18 日在英国广播公司发表了《告法国人民书》。他在这一著名演说中打出了“争取民族独立”的旗帜。他庄严宣告：“无论发生什么事，法国抵抗的火焰不能熄灭，也绝不会熄灭。”第二天，他又以“法国”的名义宣布：“一切仍有武器在手的法国人，他们的本分是继续斗争。”

戴高乐在伦敦组织“自由法国”运动，得到了英国的支持，承认他是“自由法国人的领袖”。

戴高乐重视武装部队的筹建，招募志愿人员的工作进展迅速，从 7 月末到 11 月，“自由法国”的武装力量由 7000 人扩大到 3 万人。10 月，戴高乐组织了法兰西帝国防务委员会，坚决表示“要把战争一直打到解放为止”。戴高乐还成立了“中央情报和行动局”，向国内派遣情报员，开辟“特殊战场”。1942 年元旦，戴高乐派前省长让·穆兰空降到法国南部，联络国内的抵抗组织，力图成立统一的抵抗组织，从属于“自由法国”，还提出了“一个战斗，一个领袖”的口号。同年，“自由法国”改名为“战斗法国”，进一步统一了国内的抵抗运动。1943 年 6 月，在阿尔及利亚成立了以戴高乐为首的“法兰西民族解放委员会”，宣布它是“法国的中央政权机关”，号召法国人民同它一起，“通过战争和胜利，使法国重新恢复自由、伟大和在强大盟国中的传统地位”。

1944 年 6 月和 8 月，英美联军在法国北部、南部先后登陆，人民起义的风暴席卷法国。巴黎人民用自己的战斗解放了首都。8 月 24 日，戴高乐随同盟军进入巴黎。9 月初，戴高乐改组临时政府，给一些抵抗运动的头头封官晋爵。他还以“临时政府”名义，宣布恢复共和国军队，解散和改编内地军，解除了几十万游击队的武装。同时，勒令“全国抵抗委员会”和各地解放委员会立即解散。接着，法军和盟军一起，渡过莱茵河，继续追歼德国侵略者。1945年5月，法军和盟军一起接受德国投降。

胜利后，戴高乐主张扩大总统权力，提出所谓复兴法兰西运动，1945年11月，戴高乐当选为临时政府总理。由于资产阶级政党集团内部的矛盾，再加上美国表示的冷淡，戴高乐于1946年1月宣布辞职。

在第四共和国（1946～1958年）存在的12年间，戴高乐作为“在野派”的首领，以“法兰西人民联盟”为阵地，扩大自己的力量。他宣传自己的政见，对第四共和国历届政府的内外政策进行了强烈的抨击。在50年代中期，他一面从事《战争回忆录》的写作，一面申述维护民族独立、加强欧洲联合的必要性和迫切性。

1958年，法国政局混乱，第四共和国陷入内外交困的危机。戴高乐接连发表声明，表示要接管共和国的权力。5月底，戈蒂总统任命戴高乐组阁。9月，进行公民投票选举，通过了新宪法，第五共和国宣告成立。年底，戴高乐当选为法国总统。1965年总统选举时，戴高乐连任总统。在他执政的10年中，他改革了国内的政治制度，镇压了反对派的活动，结束了阿尔及利亚的战争，并采取发展工业、增加经济实力的措施。在外交上，他执行了维护法兰西民族独立和自由的政策，反对超级大国的强权政治和霸权主义。1963年初，戴高乐公开提出“欧洲人的欧洲”的口号，推动共同市场经济一体化，为实现“欧洲联盟”而努力。同年，法国正式拒绝了美国提出的“多边核力量”计划，拒绝在苏美控制的“部分禁止核试验条约”上签字，坚持建立自己的独立核力量。1965年5月，戴高乐一再表示法国决不把自己的命运交给任何“超级大国”去控制，重申要在世界上建立一种“新的均势”，“这种均势要以每一个国家的民族独立和责任为基础，而不是以一个世界大国的独霸或两个世界大国的共同霸权为基础”。1966年，法国退出了北大西洋公约军事一体化组织。1967年，撤除美国在法国的驻军和军事基地。同年8月，戴高乐在电视演说中再次指责苏、美的霸权政策，表示法国在对外关系上要采取“法国自己的立场、自己的政策”。1968年，法国政府多次公开谴责苏联军队侵略捷克斯洛伐克。戴高乐重视同我国的友好关系，1964年1月，中法正式建立外交关系。戴高乐认为“在亚洲，没有中国的参加，就不能办成任何大事”。在他去世前的几个月，还打算亲自访问中国。

1969年4月，由于国内政治危机和经济危机严重，戴高乐无力解决矛盾，被迫辞职，退居科龙贝。1970年11月9日，由于动脉瘤引起的胃动脉破裂，在科龙贝突然去世。

中国铁路由中国人自己来修

古之立大事者，不惟有超世之才，亦必有坚忍不拔之志。

——苏　轼

在北京八达岭附近的青龙桥车站，矗立着一座铜像。铜像塑造的是位60岁左右的老人，胖胖的脸上挂着慈祥的微笑。他就是当年负责建造北京到张家口铁路的总工程师詹天佑。

詹天佑是广东南海人，他小时候非常聪明，特别在数理方面很有天赋。11岁那年，父亲带他参加清政府组织的官派留学生的考试，他以优异的成绩考取了。父亲高兴地流下了眼泪，一再叮嘱他要好好学习。

詹天佑在美国学了10年，学了土木工程和铁道工程两个专业。学成回国后，他决定大干一番，把自己的知识才能贡献出来造福国民。

1903年，清朝政府决定修筑京张铁路。清朝时，中国的铁路公司依附于帝国主义，公司的大权控制在外国人手里。外国人把经营中国的铁路看成是有利可图的事。当修京张铁路的消息传开时，外国人你争我夺，谁都想夺到筑路权和经营权。英、俄两国吵得更厉害，非得要派自己国家的人当总工程师不可。双方僵持不让，最后怄气达成协议，说如果这条铁路由中国自己建造，那我们就不争了。

迫于这种形势，清政府才决定自筑京张铁路，詹天佑被任命为总工程师。这一来，外国人停止了互相间的争执，又把矛头对准中国工程技术人员，说什么中国人哪修得了铁路，修建这个铁路的工程师还没有出世呢！

真是狂妄至极。

詹天佑早就对清政府无视中国利益、肆意出卖铁路权感到无比愤慨，坚决主张中国铁路由中国人自己来修。面对帝国主义的蔑视，詹天佑决心为中国人民争口气，把京张铁路造得让人心服口服。

他带着工程技术队，投入了紧张的选线测量工作。为了寻找一段最佳的路线，他每天翻山越岭，迎着塞外怒号的狂风，在悬崖峭壁上定点制图。晚七点，他在简陋的工棚里认真计算和绘图。他说："技术工作一定要求精密，不能有一点含糊和轻率，'大概'、'差不多'这一类的话不能出自工程人员之口。"

1905 年 9 月，铁路工程正式开工。这个工程的复杂和艰巨是当时世界铁路史上少见的。最艰苦的要算中段线路南口到岔道城，这一带地形崎岖，山峦重重，地势逐步升高。要筑路必须开山填壑、开凿隧道。其中最长的八达岭隧道长达 1000 多米。那时没有开山机、抽水机、通风机等设备，这些隧道几乎都靠人工开凿。詹天佑经常和工人们一起挑水运泥，和工人们一起吃住，随时检查和指导铁路工程。

隧道打通后，詹天佑考虑到八达岭地段势险坡陡，铁轨直铺的话列车很难爬上去，容易翻车出危险，就决定从青龙桥起，傍着山腰，把铁轨铺成"人"字形。又在列车各个车厢之间设计了自动挂钩，使车厢不容易脱节。

1909 年 9 月 24 日，京张铁路全线通车，比原计划提前了 2 年，还节省了 28 万两银子。我国自建的第一条铁路胜利通车，大长了中国人民的志气。詹天佑在我国的铁路史上写下了光辉的篇章。

无志则不能立

> 志不强者智不达。
>
> ——《墨子·修身》

有一种植物叫茑，它的身体又细又柔软，自己无法长高，只能沿着别的高大的植物往上爬。慢慢地，茑的枝叶茂盛起来，还结了不少红黑的果实。一天，一个过路人见了茑，摘了一个果实吃。

“真甜啊！长得也漂亮！”他夸茑说。茑听了十分得意。

后来，一个木匠上山砍树。他看了看被茑缠绕的那棵大树说：“这棵树做房梁正好！”

木匠拿出斧头，砍起树来。

“他会连我一起砍断！”茑很害怕，它想离开大树，可是它平时缠得太紧了，现在想离开也做不到了。最后大树倒下了，茑也跟着断了。

有人感叹说：“如果茑能够自己生长，就不会遭到刀劈斧砍的横祸了。”

为东渡不惜生命

> 天行健，君子以自强不息。
>
> ——《周易》

鉴真（688~763年），我国唐代的高僧。在中日文化交流史上，他是一位值得纪念的光辉人物。鉴真，俗姓淳于，出生于扬州江阳县，14岁在扬州大云寺出家为沙弥。青年时，他托钵远游，曾在洛阳、长安的寺院里，从名师攻读佛教经典。他在佛学上造诣很深，尤其对佛教的律宗和天台宗有深湛的研究。从26岁起，他就在扬州大明寺讲经布道，传授戒律。据《法务赠大僧正唐鉴真过海大师东征传》记载，在唐开元天宝年间，“淮南江北持净戒者，唯大和上独秀无伦，道俗归心，仰为受戒大师。”在他座下，名徒辈出。

唐帝国是当时亚洲的政治、经济和文化中心。位于长江和大运河之交的扬州，不仅是中国南北交通的要冲，也是中外经济文化交流的枢纽。鉴真所处的时代和环境，使他具有丰富的国际知识和远大的眼光。在他看来，向外宏布佛法，是一个佛教虔诚信徒的应尽义务。而包括日本在内的东亚各地的佛教僧侣，也知道鉴真和尚是“郁为一方宗首”的著名高僧。

大化革新前后，日本在经济上、政治上、文化上，都迫切需要向中国学习。7世纪以来，一次又一次的派出遣隋使和遣唐使，基本上都是抱着学习交流的目的而来的。学习中国的佛法，是使团的任务之一。天皇政权，出于它维护封建统治的要求，大力兴建寺院，推广佛教。而佛教的传播，又是日本吸收外国文化，特别是吸收中国文化的重要渠道。8世纪上半期，佛教传入日本已有近200年的历史，僧侣人数，也日益增多。但是，由于僧侣应该遵守的清规戒律，尚未制订，佛教徒中存在的放任自流状态，已成为日本佛教发展过程中的重大问题。公元733年，日本政府派遣的第九次遣唐使中，有几个留学僧。其中的荣睿、普照，就是奉敕入唐，寻访精通戒律的高僧东渡传戒的。

荣睿、普照跑遍唐朝的东西两京，访师问道。公元742年，他俩赶来扬州求见鉴真。为了发展祖国的佛教文化，邀请名师传经讲道的两个日本僧侣，与决心献出余生东渡传法的55岁的鉴真的会见，是中日文化交流史上壮丽的一幕。会见中，随侍鉴真的，有30多个及门弟子。荣睿对鉴真说，“佛法东流至日本国，虽有其法，而无传法人。”他吁请鉴真派弟子“东游兴化”。鉴真深感中日两国，虽“山川异域”，而“风月异天”。他下定决心，东渡传法。他问众弟子，谁愿去日传法？弟子们的回答是沉默。弟子祥彦表白说：“彼国太远，生命难存，沧海淼漫，百无一至。人生难得，中国难生，进修未备，道果未到。是故众僧咸默无对而已。”可是，这位高僧却坚决地说：“为是法事也，何惜生命？诸人不去，我即去耳。”在鉴真的决心感召下，21个弟子决定跟他同到日本去。

为了实现壮志宏愿，不惜牺牲个人的一切，始终坚持百折不挠的精神，鉴真就是这样的人。他在东渡传法中，碰到重重的阻碍、磨难和挫折。唐朝的官府为难他，鉴真的子弟和扬州寺院的僧侣劝阻他，鉴真并不理会这些阻难。可是，在当时的交通条件下，去日本途中，风急浪高，海道艰险。从公元742年以后的七八年中，鉴真一行先后东渡5次，结果都失败了。一次，他们的乘船被恶风猛浪击破，又一次，险礁撞沉了他们的船只。第五次（748年），61岁的鉴真一行35人，乘船出海，遇暴风把船只吹到南海，在海南岛西南端登陆。在此后的3年时间里，鉴真一行，从海南经广东、广西、江西，循长江而下经南京回到扬州。长途跋涉的困顿，炎热蒸闷的气候，不断折磨这一群僧侣。鉴真的弟子祥彦和日本僧人荣睿，在旅途中因病去世。鉴真也因暑毒入眼，双目罹疾，终至失明。公元753年，日本遣唐大使归国。归国前他面谒鉴真，邀请赴日传法。鉴真欣然允诺，率领随侍弟子僧侣等共24人，作第六次越海赴日的壮行。公元754年2月，他们到达了日本首都奈良，受到日本朝野的盛大欢迎。当时鉴真双目失明，年已67岁。

鉴真在日本11年，他和他的弟子法进、思托、如宝、昙静、义静等，做了大量的影响深远的工作。他设坛授戒，讲学传经，座下弟子，常满3000人。他是日本佛教律宗的开创人，对日本天台宗的兴起，也给予直接的影响。他为日本僧侣确立戒律的律仪。日本奉鉴真为律宗第一代祖，法进、如宝为第二、第三代祖。日本天台宗的创始人，著名的佛教大师最澄，在入唐学习前，曾受教于鉴真及其弟子。在日本，上至天皇，下及僧俗佛教信徒，敬礼鉴真，从未稍衰。在当时，他成为日本佛教徒的组织者和导师。

鉴真在日初住东大寺，5年后，在鉴真及其弟子主持下，新建唐招提寺。由鉴真弟子如宝、思托、法进、昙静等亲自设计的唐招提寺，其规制取法当时中国佛教寺院。它庄严大方，雄伟壮观，在日本建筑史上别开新貌，对日本佛教建筑艺术产生巨大影响。唐招提寺内的金堂和当时塑造的许多佛像，迄今尚存。这些佛像形态上的厚实、稳重、庄严、丰满，制作方法上的干漆法，成为日本一代雕塑艺术的巨大成就。寺内的鉴真和尚坐像，是思托创制的。从坐像魁梧的身材，端正大方的仪容，开阔的额门，清秀的五官，可见鉴真坚强刚毅的意志、深沉厚实的个性。长期以来，日本人民以唐招提寺的建筑和佛像作为他们珍贵的国宝。

鉴真及其子弟以汉语讲经，思托、法进等人擅长诗文。这些，对促进中日语言文学的交流很有作用。鉴真精于医药，熟悉药性，能以鼻代目，鉴别药物。他曾治好日本圣武天皇皇后的疑难病症，遗有《鉴真上人秘方》于世。日本医道，奉祀鉴真遗像，尊为祖师。鉴真在日本，主要是传播佛法，但同时也传播了中日人民友谊的种子，加强了中日之间的文化交流。公元763年鉴真逝世，日本僧俗同声悼念。次年，日本遣使到扬州诸寺通报鉴真去世的消息，扬州所有寺院僧众都服丧服，面东3日，以志哀悼。

三千越甲可吞吴

日日行，不怕千万里；常常做，不怕千万事。

——《格言联璧·处事》

在山东省淄博市淄川区，有一个小小的村庄——蒲家庄，这里是我国17世纪的著名文学家蒲松龄的出生地。

蒲松龄，字留仙，一字剑臣，别号柳泉居士。他生于1640年，卒于1715年。他一生坎坷，虽然自幼聪明过人，读书过目不忘，19岁初应试，即以县、府、道三个第一补博士弟子员。但以后却屡试不第，有两次是被诬为犯规而轰出考场。个中原因，是因为清朝初年满族统治者不允许更多的有才华的汉族平民进入官僚阶层。蒲松龄在这个“仕途黑暗，公道不彰”的社会里，悲愤满腔。由于家境窘迫，他31岁时去宝应县为同邑孙惠当过一年幕客，33岁时，即被西铺村毕氏聘为私塾教师，直到71岁才撤帐回家。

蒲松龄虽然一生未能中举，到71岁才援例拔为贡生，但是，他在悲愤中不忘进取。他在自己压纸用的铜条上刻了一副对联：“有志者，事竟成，破釜沉舟，百二秦关终属楚；苦心人，天不负，卧薪尝胆，三千越甲可吞吴。”他运用楚霸王项羽破釜沉舟、大破秦兵和越王勾践卧薪尝胆、灭吴雪耻的故事，表达了矢志不渝的决心。后来，蒲松龄终于写出了《聊斋志异》这样的“孤愤之书”。这是他一生最有价值的东西。

在蒲松龄故居“聊斋”里，郭沫若曾为蒲松龄的画像题写了一副对联：“写鬼写妖高人一等，刺贪刺虐入骨三分。”这一题联，正是对他一生的最高评价。

蒲松龄作为一位敢于仗义执言，刺贪刺虐的作家，虽在当时不得志，却为后世所景仰。

要留清白在人间

位卑未敢忘忧国，事定犹须待盖棺。

——陆　游《病起》

屈原一生经历了楚威王、楚怀王、顷襄王 3 个时期，而主要活动于楚怀王时期。这个时期正是中国即将实现大一统的前夕，“横则秦帝，纵则楚王”。屈原因出身贵族，又明于治乱，娴于辞令，故而早年深受楚怀王的宠信，位为左徒、三闾大夫。屈原为实现楚国的统一大业，对内积极辅佐怀王变法图强，对外坚决主张联齐抗秦，使楚国一度出现了一个国富兵强、威震诸侯的局面。

但是由于在内政外交上屈原与楚国腐朽贵族集团发生了尖锐的矛盾，由于上官大夫等人的嫉妒，屈原后来遭到诬陷和楚怀王的疏远。上官大夫和屈原职位相同，他为了能得到怀王的宠信，很嫉妒屈原的才能。有一次，怀王命屈原制定国家法令，屈原刚写完草稿，还没最后修订完成。上官大夫见到之后想夺为己有，但屈原不肯给他。他就向楚怀王说屈原的坏话：“大王您让屈原制定法令，上下没有人不知道这件事，每颁布一条法令，屈原就自夸其功，说是‘除了我之外，谁也做不出来’。”怀王听了，非常生气，因此就对屈原疏远了。

怀王十五年（前 304 年），张仪由秦至楚，以重金收买靳尚、子兰、郑袖等人充当内奸，同时以“献商於之地六百里”诱骗怀王。

当时屈原劝说楚王不要与齐国断交，等到秦国给了楚国 600 里地后，再断交也不迟，但楚怀王不听，与齐国断交。但向秦国要 600 里地时，张仪说只是 6 里，不是 600 里。楚国使者非常生气地离去，回到楚国把这事告诉了怀王。怀王勃然大怒，大规模起兵攻打秦国。秦国也派兵迎击，在丹水、淅水一带大破楚军，并斩杀 8 万人，俘虏了楚将屈丐，接着又攻取了楚国汉中一带的地域。于是楚怀王动员了全国的军队，深入进军，攻打秦国，在蓝田大战。魏国得知此事，派兵偷袭楚国，到达邓地。楚兵非常害怕，不得不从秦国撤军回国。而齐国很痛恨怀王背弃盟约，不肯派兵救助楚国，楚国的处境非常艰难。第二年，秦国提出割让汉中一带土地和楚国讲和，但楚怀王说："我不希望得到土地，只想得到张仪就甘心了。"张仪听到这话，就说："用我一个张仪来抵汉中之地，请大王答应我去楚国。"张仪到楚国之后，又给楚国掌权的大臣靳尚送上厚礼，并用花言巧语欺骗怀王的宠姬郑袖，怀王竟然听信了郑袖的话，把张仪又给放跑了。这时屈原已被疏远，不再担任重要官职，刚被派到齐国出使，回来之后，向怀王进谏说："大王您为什么不杀了张仪呢？"怀王感到很后悔，派人去追赶，但已经来不及了。

公元前277年秦国派遣大将白起，攻打楚国，且攻陷了楚国首都郢城，人民四处逃散，当屈原听到这样的一个噩耗，不禁老泪纵横、悲痛欲绝，可是正当被流放的他又有什么办法啊，他怀着落魄愤恨的心情，拖着沉重的步伐，走在汨罗江旁，走着走着他碰到了一个渔父，渔父问他说：

"你不是楚国的三闾大夫吗？为什么会在这里呢？"

屈原就回答这个渔父说："举世皆浊，惟我独清；众人皆醉，惟我独醒。所以我才会遭受到放逐啊。"渔父说："凡是能够成为圣人的人，必不会墨守成规，而能顺应时俗，既然举世皆浊了，为何你不随其流而扬其波呢？众人既然已经醉了，那么你为何不多喝几杯，何必要与众人不同而遭放逐呢？"

说到这里，屈原便相当生气地说："我听说刚洗过头的人，必定会弹去帽上的灰尘；刚洗过澡的人，一定会将衣服的灰尘抖干净。一个正直的人，怎能将洁净的身子，委屈于污秽不堪的世界呢？"说完，便愤然离去，以身殉了自己的政治理想。

丧失志气的大学生

恢弘志士之气，不宜妄自菲薄。

——诸葛亮《出师表》

姨妈是一名人民教师，天生就一副菩萨心肠，一向温文尔雅，但6月的一天，我却目睹了她对一个陌生青年走了火的严厉的训斥。

那是个星期天，我陪着姨妈正在大街上散步，迎面撞上一个蹲在地上向行人乞讨的年轻人，只见他面前放着一个牌子，上面介绍他是一个大学生，来这座城市打工，但未找到工作……

姨妈凑上去，问那年轻人真是大学生吗，年轻人点点头。

刚才还说说笑笑的姨妈陡然变了脸色，像一头暴怒的狮子，将雷霆般的呵斥，暴风骤雨似的倾泻到年轻人头上："收回你的手，拾起你的牌子，就你这样还是一个学生吗，你看看自己配吗，学生的脸都被你丢光了。读书是为什么呀？是为让你乞讨吗？呸！读书是让你自力更生的……"

平素说话柔声细语、从不带脏字的姨妈，这一顿劈头盖脸的训斥，连我都惊呆了，那个年轻人更是惊愕不已。

"快滚，别在这里丢人现眼。"姨妈不容置辩地喝道。

那年轻人真的在众目睽睽下，垂着头乖乖地走开了。

望着胸膛还在剧烈起伏不已的姨妈，我还未缓过神来，姨妈从兜里掏出50元钱，示意我过去交给他刚才责骂走的年轻人。

我不解地望望姨妈，姨妈长叹一口气，命令我赶紧送去。

当我追上那个年轻人，请他原谅姨妈的冲动时，那个年轻人满脸羞愧地向我真诚地感激道："谢谢你姨妈，我将一生铭记她的教诲，请你转告她，我知道接下来该怎么做了。"

年轻人转身走了，我还握着那张钞票久久地愣在那里。

志在中华腾飞

坚志而勇为，谓之刚。刚，生人之德也。

——《练兵实纪》

辛亥革命推翻了中国绵延2000多年的封建专制制度，在中国历史和20世纪世界历史上竖起了一块雄伟的里程碑。里程碑上镌刻着一个不朽的英名——孙中山。

广东香山县（今中山县）翠亨村的乡民都记得，他是1866年11月12日出生在本村一个贫苦农民的家庭。他小时名叫帝象，长大后取名文，字德明，号日新。“逸仙”是他学生时代改的号（“日新”的粤语谐音）。

中学时，他的床铺帐顶内，总是别着中国与世界地图，每夜对着地图沉思，心潮随世事风云起落，同学们都叫他“通天晓”。

1894年，他写下了8000多字的《上李鸿章书》，主张采用先进科学技术发展工农商业，改革教育制度，以使“人能尽其才，地能尽其利，物能尽其用，货能畅其流”。他满腔的热情遭到拒绝，遂赴檀香山，创立兴中会，决心进行民主革命。在“振兴中华”的旗帜下，团结了数千人。1905年，组织成立中国同盟会，把“驱除鞑虏，恢复中华，创立民国，平均地权”作为革命纲领。

1911年10月10日武昌起义成功后，他被选为临时大总统。一天，他出席一个重要会议，被门口的卫兵拦住：“今天孙大总统来，别人不让进去！”他微笑着说：“孙大总统不也是一个普通的人吗？”卫兵不耐烦地说：“你得赶快离开！”当卫兵看到他的名片后，不禁热泪盈眶。

又有一天，一位8旬老人见孙中山时行三跪九叩礼，孙中山忙将他扶起：“我是为全体国民服务的，不要这样！”老人感慨万千：“我总算见到民主了！”

以后，为了中华腾飞，他写了《建国方略》，描绘了祖国未来的宏伟蓝图。

立志造汽车的福特

忧劳可以兴国，逸豫可以亡身。

——《新五代史·伶官传序》

“汽车大王”福特在很小的时候就对机械产生了兴趣，因为父亲不支持他的爱好，他多次与父亲的意见不统一而发生争执，但父亲的意见根本就改变不了福特的意志。福特对机械的兴趣不但没减，反而更加浓厚了。后来随着年龄的增大，福特居然把投身于机械业当作他人生的志向。

福特知道要想在机械制造上有所作为必须有足够的专业知识做后盾，而他要做的就是去接触它，在实践过程中去学习知识。于是，福特就自己到了当时的机械制造业繁盛的底特律给人打工。

3 年后，福特凭自己学到的知识，决心放弃外面的工作。通过充分分析自己的能力，他最终决定，要用实际行动做一番自己所热爱和拥有的事业。

于是他回到家自己开了一家小工厂，在这期间，福特做一些小机械，以帮助父亲的农场完成某些人力所不能及的工作。一些小成功使福特的信心备受鼓舞，决心更好更快地向自己设定的目标奋进。

1893 年，查尔斯·杜耶在芝加哥世博会上展出了由汽油作动力的车子，当时，福特参加了这次展览会，在会上，他看着新式车子，触动很大，决心自己制造一辆更好的汽车。但福特首先遇到的是电点火的问题，由于知识不足，他决定再次去底特律的爱迪生电灯公司学习电学原理，也由此和父亲再次发生冲突。但亨利·福特的目标是单纯的、明确的，而且实现目标的决心也是不可动摇的。

在爱迪生公司工作期间，他一边学习，一边充分利用业余时间来实现自己的目标——制造一辆汽车。经过无数次的失败和实验，福特自己制造的第一辆汽车终于在1896年6月面世了。车虽很简陋，但这个成功却再次鼓励了福特的决心。他坚信：只要努力向自己的目标奋进，就一定会成功！

组装汽车的成功是好事，但却使福特面临着两难的选择：爱迪生工厂要以每月500元薪金和可分红利的条件聘他去做生产部门的总监，但附带条件是要专业专职，不得再分心研究汽车。而底特律汽车公司的董事长要请他去当工程师，但月薪只有200元。面临两种选择，福特认真地评估了自己，对自己热爱的事业和高薪两个方面做了全面细致的分析，最终决心选择自己当初选定的目标——汽车事业。

在与这家汽车公司合作期间，福特并没有放弃向更高目标发展的信心。他知道自己不只是要制造一辆汽车，而是要制造性能优良的有他自己特色的汽车。为此，他付出了巨大的努力。

终于，在1901年密歇根举行的汽车大赛上，福特将自己用近一年时间设计的26匹马力的赛车开上赛场，并以优异的成绩击败了上届赛车冠军温登，荣登冠军的宝座。

由于赛车的胜利，福特的名字一夜之间响遍美国。1903年，在各方的帮助和福特的努力下，一个给世界汽车行业带来巨大影响的福特汽车公司诞生了。

人当志在学业

> 天下之事常成于困约，而败于奢靡。
>
> ——陆　游

东汉时，有个叫乐羊子的人，年轻的时候不爱学习。而他的妻子却是个很识大理的女子。

有一天，乐羊子在回家的路上拣到一块黄金，回家后高高兴兴地交给妻子。不料，他的妻子把黄金放在一边，责备他说：“我听人说有志向的人不会喝那盗泉的水，廉洁的人不会吃别人怜悯时所给的食物；更何况你拣到别人的黄金有点贪财求利、玷污品行的呢？”乐羊子听了妻子的话，十分惭愧，他连忙把那块金子放回原来的地方，就告别妻子到远方求师访学去了。

很快一年过去了。乐羊子十分想念妻子，突然回到了家里。妻子惊异地询问原因。乐羊子不好意思地说：“我久离家乡，很是想念亲人，还有其他情况，想回家看看。”妻子听了很生气，顺手拿起身边的一把剪子，走到织布机旁把她没有织完的绸子剪断了，对乐羊子说：“这绸是由蚕丝织成的。一根丝虽然很细，但一根一根地织上去，就会织成丈，积成匹。现在我把它从中间剪断，等于前功尽弃，即使我再想接着织时，也要耽误好长时间的。求学也是这个道理呀！你在外面跟着老师求学，每天都应当学会一些原来不懂的新知识，培养美好的情操。如果你半途而废，和我剪断了这织绸有什么两样呢？”

乐羊子听的妻子的话，很受感动和启发，又告别了亲人，回到老师那里勤奋学习去了。这一去他整整 7 年没有回过家门，终于成为一位道德高尚、学识渊博的人。

干一番宏伟的事业

> 若要功夫深，铁杵磨成针。
>
> ——曹　学

肖邦出生于一个教师的家庭。良好的幼年教育，使这个“神童”6 岁即会写诗，7 岁作曲，8 岁登台举行音乐会，被誉为“莫扎特的继承者”。他少年时便立志做一个大音乐家，写下了“干一番宏伟的事业，做一些任何人还不能做到的事”的话语。在华沙贵族的沙龙和舞厅里，他很喜欢那些庄重和欢乐的波兰舞曲，并想把致力于改变这种舞曲的形式，作为实现自己理想的突破口。

1824年的暑假，遵照医嘱，父亲送肖邦去乡下养病。没想到，就是这平凡的玛佐夫舍村，为他新的创作灵感开凿了源泉。在那里，他完成了他最偏爱的，以波兰民间音乐悦耳的音调变化为基础的《玛祖卡舞曲》。

有一天，街上走过一列列被押送的囚犯队伍，他们都是反对君主政权的志士。为了用音乐来歌颂他们的精神，肖邦饱尝了创作的艰辛和喜悦。他曾撕碎过写就的纸片，折断过笔，也曾失望和恼怒地流过血。1831年，他到达斯图加特时，得知华沙已被俄军占领，悲痛之余，他写下了著名的《革命练习曲》。

在法国的头几年，肖邦的作品已在欧洲凯旋进军，博得了人们的高度尊重。法国音乐评论家舒曼曾激动地说："脱帽吧，先生们！这就是天才！"

1848年2月，肖邦带病举行最后一次音乐会。这次独奏音乐会，他是被人用轿子抬进演员室的。那天晚上，他好像无一点劳累的样子，演奏得扣人心弦。演出后，他像醉汉一样摇摇晃晃地走下舞台。

肖邦临终时，他深知沙俄统治下的波兰当局，是不会允许把他的遗体运回华沙的。他向姐姐请求道："至少把我的心脏带回去。"亲人和朋友们埋葬了肖邦，并把伴随他后半生的那抔故乡的泥土撒在墓中。

站在奥斯卡的舞台上

> 绳锯木断，水滴石穿。
>
> ——罗大经《鹤林玉露》

一天，一个14岁的少女得到了她父亲最好的朋友冈纳叔叔送给她的珍贵礼物——一本羊皮封面的厚厚的日记本，上面烫着她的名字，还带有一把钥匙和一把锁。她决定把自己的理想和追求记在上面。她在日记上写下了这样一段话："我幻想着有一天，我站在奥斯卡剧院的舞台上，观众坐在那里，凝望着新的萨拉·伯恩哈特（一位驰名欧美的法国女演员）。”从此，这一志向成了催她猛进的动力源泉。

她3岁丧母、13岁丧父，由叔叔、婶婶抚养长大。他们不同意她当演员。为了实现自己的理想，她坚定地选择了艺术的道路。她17岁考入斯德哥尔摩女子艺术学校，19岁，拍摄了第一部影片《僧桥伯爵》之后，她陆续在一些瑞典、美国影片中扮演角色，23岁时，步入世界著名影星的行列。

她始终不忘自己最初的志向，以狂热的精神献身于影剧事业。她说：“如果不让我表演，我一定活不下去。”当演《战地钟声》中玛丽亚这个角色时，导演说得把头发剃掉，她大声回答：“为了演这个角色，要我把头割掉也行。”

她为了实现自己的理想，勤奋刻苦地进行着探索。当初，她从瑞典来到好莱坞，为了学习美国语音，她每晚去看戏，仔细倾听演员的每一个发音。在她已经誉满影坛之后，仍然坚持每片试镜头，即使导演已经满意，她还要求重拍一次。话剧《忠贞之妻》在伦敦已经上演8个月，可最后一场演出之前，她还在和导演热烈讨论表演有哪些可以改进之处。

她就是这样精益求精、不断前进，拍出了《卡萨布兰卡》、《煤气灯下》、《圣女贞德》、《爱德华大夫》等50部电影。她第一个获得美国电视方面的最高荣誉奖艾美奖，3次获得奥斯卡金像奖，成为光芒四射的电影明星。她，就是现代著名电影演员英格丽·褒曼。

不可无傲骨

> 若无胆量，永远不可能升到高位。
>
> ——赛鲁士

1895年7月19日深夜，徐悲鸿诞生在江苏省宜兴县屺亭桥镇。祖父砚耕公曾参加过太平天国革命，父亲徐达章自幼喜爱绘画，但因家贫，请不起老师，依靠刻苦自学成为当地知名的一位画师。

悲鸿小时候也喜欢画画，17 岁时因父亲病逝，为全家生活所迫，不得不离乡去上海寻求半工半读的机会。临行前，宜兴初级女子师范国文教师张祖芬先生殷勤送别，勉励他说：“你年轻聪敏，又刻苦努力，前途未可限量，我希望你记住两句话：人不可有傲气，但不能无傲骨。我没有什么东西可以送你，就送你这两句嘉言吧！”从那时起，徐悲鸿终身铭记这两句临别赠言，并将它作为自己的座右铭。

1927 年徐悲鸿从巴黎回国，这时的徐悲鸿已是国内外享有盛名的画家，许多人包括国民党高级官员都渴望得到徐悲鸿的画。可是，徐悲鸿不愿为权贵们画画，即使摆好宴席，请他去画他也不去。

有一回，国民党政府的文化委员会主任张道藩登门拜访徐悲鸿，请他为蒋介石画一张标准半身像。张道藩说了很多好话，可是被徐悲鸿断然拒绝了：“我是画家，对你们委员长丝毫没有兴趣，你还是另请高明吧！”张道藩非常吃惊地说：“给委员长画像你没兴趣，你对什么有兴趣？”徐悲鸿冷冷地笑了笑说：“我对抗日救国感兴趣，我对人民大众感兴趣。”张道藩说：“这么说你肯定不给蒋委员长画像了?!”徐悲鸿说：“是的，是这样。”张道藩急了：“徐先生，你是才华横溢的大艺术家，我奉劝你还是不要做这样愚蠢的事，免得你以后悔恨。”徐悲鸿侧视了张道藩一眼，说：“悔恨?!我只能感到自豪！因为你的座右铭是升官发财，金钱美女。而我的座右铭是：人不可有傲气，但不能无傲骨！”

在逆境中抬头

具有无比决心的普通人

> 前往伟大的颠峰之路，必定崎岖。
>
> ——赛尼嘉

这天，罗伯特·斯契勒来到芝加哥，向一群中西部农民发表演说。虽然他满腔热忱，但很快便被他们凝重的面色泼了一盆冷水。他们强作热情地接待罗伯特，其中有位农民告诉他说："我们正过着艰苦的日子。我们需要帮助。我们最需要的是希望。给我们希望吧。"

在罗伯特开始演讲前，主持人向这些听众做介绍，他把罗伯特形容为一个成功的人，但是听众不知道，罗伯特也曾走过他们现在所走的路。罗伯特的童年是在中西部的一个小农场里度过的。他的父亲本来是一个雇农，后来积攒够了钱才买了一个 65 公顷的农场。经济大萧条时，罗伯特还只有 3 岁。那年冬天，他们有时连买煤也没钱。那时候罗伯特也要工作，他要爬进猪栏，捡拾猪吃剩后的玉米棒子，用来做燃料。那些日子真苦啊！

第二年春天，又遇到严重春旱。罗伯特的父亲准备把辛辛苦苦留起来的几斗宝贵玉米用作种子。

"种子可能枯死，何必还要冒险去种呢？"罗伯特问。

他父亲却说："不冒险的人必无前途。"

于是，他父亲把留起来的最后一些玉米粒和燕麦，全都拿出来种了。

可是，第四个星期过去了，还不见有雨来临，父亲的脸绷得紧紧的。他和其他农民聚在一起祈祷，请求上帝拯救他们的田地和作物。后来，雷声终于响起。天下雨了！虽然罗伯特雀跃万分，但是他的父母知道雨下得不够。骄阳不久就再次出现，天气又热起来了。他父亲抓了一把泥土，只有上面1/4是湿的，下面全是粉状的干土。

那年夏天，罗伯特看见弗洛德河逐渐干涸了，小水坑变成泥坑，平时来去扭动的鲶鱼都死了。他父亲的收成只有半车玉米，这个收成和他所播的种子数量刚好相等。父亲在晚餐祈祷时说："慈爱的主，谢谢你，我今年没有损失，你把我的种子都还给我了。"当时并不是所有的农民都像他父亲那么有信心，一家又一家的农场挂起了"出售"的牌子。他父亲当时请求银行给予帮助，银行信任他，而且帮助了他。

罗伯特还记得童年时穿着补缀的大衣跟父亲去爱阿华银行，他记得那银行的日历上有这样一句格言："伟人就是具有无比决心的普通人。"他觉得父亲就是这种积极态度的榜样。

若干年后6月里的一个寂静下午，罗伯特家遭到龙卷风的侵袭。他们起初听到一阵可怕的怒吼声；慢慢地，风暴逐渐逼近了。忽然天上有一堆黑云凸了出来，像个灰色长漏斗般伸向地面。它在半空中悬吊了一阵子，像一条蛇似的蓄势待攻。父亲对母亲喊道："是龙卷风，珍妮！我们得赶快离开这里！"转瞬间，他们便已慌慌张张地开车上路了。南行3千米之后，他们把车子停好，观看那凶暴的旋风在他们后面肆虐……到他们返回家后，发现一切都没有了，半小时前那里还有九幢刚刷过的房屋，现在一幢也不存在，只留下地基。父亲坐在那里惊愕得双手紧握驾驶盘。这时，罗伯特注意到父亲满头白发，身体由于艰辛劳作而显得瘦弱不堪。突然间，父亲的双手猛拍在驾驶盘上，他哭了："一切都完了！珍妮！26年的心血在几分钟内全完了！"

但是，他父亲不肯服输。两星期后，他们在附近小镇上找到一幢正在拆卸的房子，他们花了50美元买下其中一截，然后一块块地把它拆下来。就是用这些零碎东西，他们在旧地基上建了一幢很小的新房子。以后几年，又建筑了一幢幢房屋。结果，他父亲在有生之年，看到了他的农场经营得非常成功。

讲完了自己的故事，罗伯特告诉听众：“苦难不会持久，强者却可长存！”听众顿时响起热烈掌声。那些已经失去希望以及曾与沮丧情绪搏斗的人，重新获得了希望。他们有了新的憧憬，再度开始梦想未来。

在困境中成才

> 若不好到至极，就不算伟大。
>
> ——威廉·莎士比亚

古时候人们把急性传染病叫做“天行”，认为是天降下的灾祸，是鬼神在作怪。1600 年前的医学家葛洪却敢于破除迷信，说急病是中了外界的“疠气”，不是什么鬼神引起的。这在当时是很了不起的一个见解。

葛洪从小就喜欢有关医学、保健及炼丹制药方面的书，但他家庭经济很困难，在他很小的时候父亲就去世了。他买不起书就到处借书读；没有纸和笔，就到山上去砍柴，用卖柴的钱买纸笔。由于他认真读书，刻苦钻研，终于成了一个饱学的名儒，发现了许多个科学方面的“第一”。如他第一个对不治之症“疯狗病”采取了预防措施，减少了此病的发病率和死亡率，称得上是免疫学的先驱；第一个记载了天花和恙虫病（即沙虱），比外国人要早好几百年；第一个认识并记录了结核病，指出这种病会互相传染，染病的人身体消瘦，怕冷发烧，时间长了会丧命。

葛洪还是一个著名的炼丹家，他的炼丹方法包含着许多原始化学的思想，其实是化学实验。他把炼丹看作是一门学问，把炼丹过程中矿物发生的变化都记录下来，写了一本叫《抱朴子》的著作。在炼丹中他发现了化学反应的可逆性；观察到了金属的置换反应；他对许多矿物的性质和用途都十分了解，提出了不少制药的原料和方法，发现了许多新的药物。在我国漫长的化学史上，葛洪以他巨大的贡献当之无愧地占有一席之地。

有一年，广东一带流行一种奇怪的病。病人都发高烧，胳膊、腿又红又肿，十人中有九个好不了。人们不知道这是什么病，以为是鬼在作怪，称它为“鬼气病”。

葛洪听说后，专程赶到广东，决心治治这个“鬼”。他白天背着药箱，走乡串户去访问病人，晚上住在旅店，在灯下研究病例。有一天早上，葛洪迟迟没有起来，旅店老板进去一看，发现葛洪也患上了这种病。老板咕咕哝哝地说：“‘鬼气病’是鬼闹的，凡人哪治得了，这不，自己也闹上了！”

几天后，葛洪病好了。他兴奋地对店老板说：“我捉住鬼了！”店老板不大相信。葛洪说：“明天你看我如何捉鬼吧。”

第二天，葛洪找来几个病人，让他们在院子里看自己练气功。练了一会儿，他撩起衣袖，对大伙说：“看看，鬼就在这里。”大家瞪大眼睛看去，只见葛洪的手臂微微发红，渗出点点汗水，没见有什么异常。“你们走近了，仔细看！”葛洪对大家说。大家又围着他更仔细地看。这一回大家可看清了，他们看见葛洪的胳膊上有一些很小的像沙粒似的小虫子在爬，有的从皮肤里钻出来，有的朝皮肤里钻进去。大家感到很吃惊。

“大家都看到了吧？这叫沙虱，它们会钻入人的皮肤。‘鬼气病’就是它们闹的。”葛洪告诉大家。说着，他把治虫的药方拿了出来，让大家煎汤洗澡。不几天，病人们的病全都好了。

店老板问葛洪：“你用什么法术捉住小虫子的？”葛洪笑笑说：“我来到这里后就发现这是一种寄生虫病，但虫子在什么地方我不清楚。我患病后仔细观察才发现虫子躲在皮肤里，练气功时它们会跑出来。”就这样，葛洪为老百姓除了大害。

身处逆境的开普勒

> 输赢并不在乎外在的强弱——完全发挥你内在的特质才是重要。
>
> ——道格拉斯·马洛

开普勒是举世闻名的德国天文学家，他发现了行星运动三定律，为牛顿建立万有引力定律打下了坚实基础。或许你以为整天跟星星打交道的人不说有一副火眼金睛，至少也得有一双明亮的眼睛吧？可是，你相信吗，开普勒是一个视力不健全、连星星都看不清楚的人。

开普勒是早产儿，先天不足体质很瘦弱。5 岁时，他得了一场天花，总算没有死去，谁知又患上了猩红热，整天高烧不退。因为家贫无钱治病，熬到退了烧，却发现视力已受到很大的损伤；下床走路时，又发现腿软得不能走路，从此成了跛子。

穷人家的孩子成了残疾，真可说是雪上加霜。好在开普勒天资聪颖，智力过人。在他的再三要求下，父亲送他到学校去上学。他的学习条件虽然比不上那班富家子弟，但他以勤奋刻苦弥补了自身的条件缺陷，成绩名列前茅。

16 岁那年，他考入杜宾根大学，学习数学、哲学、神学等。在热心宣传哥白尼学说的天文学教师马斯特林的影响下，他的兴趣转到了天文学。他暗暗立下志向：自己虽然残疾，但决不碌碌无为地度过一生，要像哥白尼那样为科学而献身。

平时课余，他经常阅读天文学论著，观察天象。他的眼睛既近视，又散光，给他的研究带来了许多不便。但他迎着困难上，顽强地坚持着。

大学毕业几年后，开普勒担任了大天文学家第谷的助手，开始了他天文学研究的辉煌时期。

每当开普勒仰望星空时，他都忍不住要想：这星星的运行也跟地上的事物一样，定是有规律的；星星们也一定是在各自的轨道上运行，否则，杂乱无章的天体不就随时要互相碰撞了吗？为了找到这些规律，他奋斗了一辈子。

开始，他把宇宙想象成一个几何结构模型。后来经过计算、分析，发现这种模型不能解释实际的观测数据。他接受第谷对天文学研究“一定要尊重观测事实”的告诫，对自己提了两个研究问题：一是如何从观测资料中确定行星运行轨道的精确形状；二是这些行星运动遵循什么规律。

他先把精力用在火星上。他先认为火星的轨道是圆形的，在这个概念下，做了 70 多次冗繁的计算，设计了火星运行的轨道。这个轨道的火星位置同第谷的观测数据相差 0.133 度。为什么有偏差呢？是观测数据错误？还是计算错误？好像都不是。开普勒苦思冥想，忽然悟到“火星的轨道是椭圆的，太阳位于椭圆的一个焦点上”。在这个假设下，计算结果正好与观测到的星象资料相吻合。椭圆定律以后被称作开普勒第一运动定律。

运行轨道搞清楚后，开普勒开始编制火星运行表。通过进一步的观察，他发现，火星离太阳近时运动得快，反之则慢。由此他又发现了“开普勒第二运动定律”：太阳与行星的连线在相等时间内通过相等的面积。

开普勒紧接着探索起行星的运转周期和它们与太阳之间的距离关系。整整10年，他埋头工作，进行了无数次的计算，经历了许多次的失败，终于又发现了“开普勒第三定律”：行星公转周期的平方和它们轨道长轴的立方成正比。

在辉煌的科学成果背后，这位科学老人一生都处在逆境中，但他却成了一位“创造天空法律的人”，因为他虽处逆境却在奋斗。

忠厚的效应

人生过程的景观一直在变化，向前跨进，就看到与初始不同的景观，再上前去，又是另一番新的气候。

——《周易·否》

英国著名的马克斯·斯宾塞百货公司的创始人马克斯是波兰犹太人，出生于一个贫苦家庭，他的母亲因为难产而早逝，马克斯由姐姐抚养大。19岁时，他决定自立自强，于1884年毅然离开家乡，只身闯入英国碰运气。

当他到达英国达里兹城时，已经身无分文，而且语言不通。值得庆幸的是这里聚集了许多犹太人。有个叫杜赫斯特的犹太富商，专做批发百货的生意，他觉得马克斯为人忠厚，却因不懂英语，很难找到职业，便主动借给这个青年人5英镑，要他做点小买卖维持生活。

由于马克斯不懂英语，售货时不好讨价还价，所有货物清一色售价1便士，并打出招牌“不要问价钱，每件1便士”，以此招揽顾客。由于服务良好，不久就树立了品质优良、价格公道的形象。

2年后，马克斯便将“1便士”摊开到约克郡和兰开夏郡。后来他又联合斯宾塞合股经营，打出“马克斯·斯宾塞”的招牌，在伦敦闹市设立了一家百货店。

后来，斯宾塞和马克斯先后去世。马克斯的后辈们成功地继承了“薄利多销，物美价廉”的传统。

公司并不像大多数零售商那样，从供应商手中购买成品，而是靠自己拥有的百名训练有素的技术员与制造商合作，对商品设计、原料选择、生产工序及质量检验等方面进行研究，按公司的要求进行生产，确保商品的优越性。

从事广告业务20多年的广告公司主席米勒认为，马克斯·斯宾塞公司的名声确实很响，从广告的角度看是反常现象，因为马克斯·斯宾塞公司从不对外广告宣传，但他们的声誉和名望却不告而知，在英国无人不晓。其实，有了优质的商品，有了响亮的牌子，他们当然不需要花冤枉钱去做广告了。

失败催人苦读

在寒冷中颤抖过的人倍觉太阳的温暖，经历过各种人生烦恼的人，才懂得生命的珍贵。

——怀特曼

战国时，有一个叫苏秦的，他从小就在贫困的环境中成长，有时连饭都吃不上，更别说读书这种高尚的事情了，那简直是太奢侈了。为了维持生计和读书，他不得不时常卖自己的头发和帮别人打短工，后又离乡背井到齐国拜师求学，跟鬼谷子学纵横之术。

一段时间之后，苏秦自认为已经学业有成，便迫不及待地告别师友，游历天下，以谋取功名利禄。一年后不仅一无所获，自己的盘缠也用完了。没办法再撑下去，于是他穿着破衣草鞋踏上了回家之路。

到家时，苏秦已骨瘦如柴，全身破烂肮脏不堪，满脸尘土，与乞儿无异。只好垂头丧气地走回家中。

妻子见他这个样子，摇头叹息，继续织布；嫂子见他这副样子，扭头就走，不愿做饭；父母、兄弟、妹妹不但不理他，还暗自讥笑他说："按我们周人的传统，应该是安分于自己的产业，努力从事工商，以赚取2/10的利润。现在却好，放弃这种本应从事的事业，去卖弄口舌，落得如此下场，真是活该！"

妻、嫂的行为表现及妹妹的讥讽之词让他觉得无地自容，颜面尽失，心里好生后悔。他关起房门，不愿见人，对自己作了深刻的反省："妻子不理丈夫，嫂子不认小叔子，父母不认儿子，都是因为我不争气，学业未成而急于求成啊！"

他认识到了自己的不足，又重振精神，搬出所有的书籍，发愤再读，他想道："一个读书人，既然已经决心埋首读书，却不能凭这些学问来取得尊贵的地位，那么书读得再多，又有什么用呢？"于是，他从这些书中捡出一本《阴符经》，用心钻研。

他每天研读至深夜，潜心修学，他要让自己不断进取，以取得功名。有时候不知不觉伏在书案上就睡着了。每次醒来，都懊悔不已，痛骂自己无用，但又没什么办法不让自己睡着。有一天，读着读着实在倦困难当，不由自主便扑倒在书案上，但他猛然惊醒——手臂被什么东西刺了一下。一看是书案上放着一把锥子，为此他想出了一个不打瞌睡的办法"锥刺股"。以后每当要打瞌睡时，就用锥子扎自己的大腿一下，让自己猛然"痛醒"，保持苦读状态。他的大腿因此常常是鲜血淋淋，目不忍睹。

家人见状，心有不忍，劝他说："你一定要成功的决心和心情可以理解，但不一定非要这样自虐啊！"

苏秦回答说："不这样，我会忘记过去的耻辱；唯有如此，才能催我苦读！"

经过血淋淋的一年"痛"读，苏秦很有心得，写出了"揣"、"摩"两篇。这时，他充满自信地说："这下我可以说服许多国君了！"

苏秦在经受了常人不可忍受的痛苦后，终于学有所成，成为六国的宰相。

寒门出身的范仲淹

痛苦才是人生的原貌，我们人类最后的喜悦，就是回忆过去所经历的痛苦经验。

——阿尔夫雷德

以"先天下之忧而忧，后天下之乐而乐"而名垂青史的范仲淹，无论是文治武功，还是道德文章，称之为封建士大夫中的"第一流人物"，应是当之无愧的。

范仲淹幼时家贫，每日 3 餐不继，不得不将米煮成薄粥，冷凝后划为 4 块，早晚各吃 2 块，这就是"断齑划粥"的故事。范仲淹从小发愤攻读，"昼夜不息，冬月惫甚，以水沃面"，遂功成名就，27 岁中进士，武官任至枢密副使，文官任至参知政事。地位变化了，他却始终自奉俭约，以致身死之日，"身无以为俭，子无以为丧"。

范仲淹一生薄以待己，厚以待人。他为广德军司理参军任满离职时，"贫止一马，鬻马徒步而归。"后来，经略边防有功，朝廷赏赐金银甚多，他却全部用来分赠将佐。晚年，子弟打算在洛阳为他修建一住宅，作为致仕后养老之用，他却极力反对，对子弟们说："人苟有道义之乐，形骸可外，况居室乎！"平时，"非宾客不重肉，妻子衣食仅能自充"。

范仲淹晚年自请罢相后，在 61 岁那年做了杭州知州。这时，他用自己所积蓄的俸禄，在苏州近郊买了千亩良田，名曰"义田"，建义庄，用义田的收入专门养济族中穷人，使之"日有食，岁有衣，嫁娶凶丧皆有赡"。

宋仁宗天圣年间，范仲淹在他的故乡苏州，一位风水先生向他建议，街南头为龙头，街北头为龙尾。卜居街南，子孙可世代科甲不断。范仲淹却说："一家贵，孰若吴士咸贵乎？"于是就在街南头建孔庙，设府学，聘请名儒胡瑗来此讲学，为地方造就人才。

“云水苍苍，江水泱泱；先生之风，山高水长。”以歌严光之歌而歌范仲淹，则更为合适。

米老鼠的诞生

> 个人离开社会，不可能得到幸福，正如植物离开土地而被扔到荒漠上不可能生存一样。
>
> ——列夫·托尔斯泰

有一位孤独的年轻画家，除了理想，他一无所有。为了理想，他毅然远行。起初他到堪萨斯城的一家报社应聘，那里的良好氛围正是他所需要的。但主编看了他的作品后认为缺乏新意而不予录用，他初尝了失败的滋味。

后来，他替教堂作画。由于报酬低，他无力租用画室，只好借用一家废弃的车库。一天，疲倦的画家在昏黄的灯光下看见一对亮晶晶的小眼睛，是一只小老鼠。他微笑着注视着它，而它却像影子一样溜了。后来小老鼠又一次次出现。他从来没有伤害过它，甚至连吓唬都没有。它在地板上做多种运动，表演杂技，而他就奖它一点面包屑。渐渐地，他们互相信任，彼此建立了友谊。

不久，年轻的画家被介绍到好莱坞去制作一部以动物为主的卡通片。这可是个难得的机会，但他再次失败了。

在黑夜里，他苦苦思索自己的出路，甚至开始怀疑自己的天赋。就在他潦倒不堪的当儿，他突然想起车库里的那只小老鼠，灵感在暗夜里闪出一道光芒。他迅速画出了一只老鼠的轮廓。

有史以来，最伟大的卡通形象——米老鼠就诞生了，沃尔特·迪斯尼也因此扬名。

孤儿开出连锁店

人就像藤萝，他的生存靠别的东西支持，他拥抱别人就从拥抱中得到了力量。

——蒲 伯

孤儿托马斯，12 岁那年，瞒了真实年龄，在一家药房的冷饮柜当了售货员。待经理得知托马斯还不到 16 岁时，当即将他解雇了。因为店里使用童工，是不合法的。托马斯的养父知道后，气得脸色发青，怒斥道："你永远也保不住你的饭碗！"

这段遭遇每每在托马斯的脑海中闪现，都激励他卖力干活谋生。

在他 35 岁时，托马斯已经完全在社会上站稳了脚，在事业上做出成就，成为一个百万富翁。他从事的是饭店餐饮业。

1969 年，托马斯开办了自己的第一家"闻满老式汉堡包餐馆"。他选用新鲜的牛肉，每天做出新鲜的牛肉饼，出售时直接从炉子里拿出热腾腾香喷喷的汉堡包。当时别家餐馆都是把事先烤熟的汉堡包涂上芥末和番茄沙司，包在纸里置于热灯下烘着保温。因此，托马斯的汉堡包特别受人欢迎。光顾托马斯餐馆的顾客们还可以根据自己爱好选择各种调味品，并选购这里独有的专门为孩子们制作的汉堡包。

新的经营方式和食品特色，吸引了越来越多的顾客。深受社会欢迎的"闻满老式汉堡包餐馆"适时应势，如雨后春笋般地到处出现。据统计，其迅猛的势头令相当多的同行业者侧目而视。平均不到 3 天，托马斯就增开一家新餐馆。很快，托马斯的餐馆遍布美国；走向海外。8 年后他拥有了 1000 家餐馆，而发展并没有停滞，又 3 年之后，托马斯兴高采烈地为他的第 2000 家餐馆剪了彩。

赤手空拳创业的女人

世间的任何事物，追求时候的兴致总比享用时候的兴致浓烈。

——莎士比亚

董竹君于1900年出生在上海洋泾浜的贫民窟里，12岁那年，迫于生计的她被卖入青楼做歌女，这个时期，她认识了革命党人夏之时，并与他秘密结婚。后来，董竹君独闯上海滩，历尽艰辛创办了锦江菜馆，并帮助、掩护地下党人进行地下革命工作，1951年她率先把价值几千万美元的锦江饭店无偿献给国家。在她的教育下，她的几个儿女也都学有所成。

1900年，董竹君诞生在上海洋泾浜的一个贫民窟里，她的父亲是黄包车夫，母亲是个洗衣妇，家里一贫如洗。在她12岁那年，迫于生计，为了给父亲治病，被迫沦为青楼卖唱女。在妓院里，董竹君认识了革命党人夏之时，以心相许。就在老板逼她接客的前夜，董竹君机敏地逃出了虎口，与正被通缉的夏之时结婚，并随他一起来到日本。在日本，董竹君如饥似渴地学习知识和文化。4年后，她随着夏之时回到成都，成了显赫一时的四川省都督夫人。

四川是个封建意识很浓厚的地方，她连生几个女儿，就有点被人看不起了。长女出麻疹时，她腾出一间房子，进行消毒后放两张床，日夜看护40多日，直到女儿完全康复。丈夫对此很不高兴，认为她不该为了一个女孩的病对其他事情全然不顾。

然而，四川夏氏封建大家庭里的封闭与落后，使刚刚开始新生活、年轻的董竹君感到窒息。她极力劝说夏之时离开这里，夏之时却因为仕途上的失意已彻底消沉，而终日沉湎于鸦片与麻将之中。本来，在渡过了最初的爱情蜜月后，其实在日本一起生活时，夏之时的思想蜕变与专横跋扈就已使得个性倔强的董竹君越来越无法忍受。而此刻，眼看着自己与几个心爱的孩子都将要在这个死墓中陪葬，经过无数次苦口婆心的劝说无效之后，29 岁的董竹君毅然与丈夫离婚，放弃了华贵、富裕、悠闲的生活，带着 4 个女儿离开了四川。

她初到上海时生活很苦，住在一间三层楼小屋内，但她带了女儿每天把房间擦洗得干干净净，连楼梯过道也不放过。把房东乐得合不拢嘴，搬家时还对她们恋恋不舍。她的女儿们也因此养成了注重清洁卫生的习惯。她从四川毅然离家出走的主要原因就是为了女儿的教育。丈夫认为：女孩子无需多读书，她却认为必须让她们接受高等教育。为了实现这个目的，她带着女儿独闯上海滩，即使在穷困地靠典卖衣物度日时，决心仍不动摇。这颗珍贵崇高的母亲心，真让人感动。

董竹君在上海东借西凑，又到菲律宾去招工，办起了一家纱管厂，但却在“一·二八”事件中挨了日本人的炸弹。厂务繁忙，不得已，只好把 3 个女儿送到苏州一家教会学校的附小寄读。她知道教会学校教学比较严格，但又怕孩子们信仰宗教，受帝国主义思想毒害，所以紧紧抓住了放“风筝”的线。每逢周末、假期，就给她们讲些人生和爱国的道理，找些进步文艺读物给她们看，要她们学做家务、热爱劳动，培养她们善良热诚、助人为乐、先人后己、大公无私的高尚品德，还让她们多接近大自然，养成胸怀开朗和爱美的兴趣习性。追求真善美，是董竹君教育儿女的中心内容。

1931 年 7 月的一天，鲁迅先生在环龙路一所暑期学校演讲，题目是《上海文艺之一瞥》，她就带了 4 个女儿去听，明知她们都听不懂，特别是后面两个小学生，但为了让她们在进步思想的氛围中受到熏陶，还是让她们坐在最后一排乖乖地听着。回来的路上孩子们不断地问七问八，做母亲的心里特别高兴。

有一次她带女儿去观看苏联电影《伏尔加河船夫曲》，当见到破衣烂衫的船夫们驼着背、弯着腰、低着头，肩负手拉一根粗绳，拖着大船沿着河边艰难行走，嘴里哼着凄婉悲壮的船夫曲时，母女俩都深受感动，在回家路上也禁不住学着哼唱起来。

后来，这个女儿成了一名音乐家。

她也特别注意培养孩子们坚强的意志和勇敢的精神。有一次她让自己只有 12 岁的女儿从上海乘火车去南京，送一笔钱接济一位亲戚。但当孩子到达南京下关时，城门已经关紧，她不敢乱花钱，就在城门脚下睡了一晚。听女儿回来告诉她这番经历，既觉得心疼又感到高兴。她对女儿的教育是费尽心机的，她常说孩子是洁白无邪的，决不能让"风筝"断线，迷失了方向。女儿在外地读书，她书信不断。一次次教育她们：为人做事要有责任感，要光明正直；处理事情宜感情通过理智，对客观事物应全面分析研究，不要主观，切忌任性……

当她在锦江饭店当女老板时，决不让孩子们随便走进店里。她自己要会见朋友，除非是进步人士，其他三教九流的人一概不让到家里来，只有在锦江会晤。目的只有一个就是防止孩子们沾染十里洋场的社会恶习，真可谓用心良苦。董竹君一生坎坷，在开设锦江饭店前，她曾因宣传抗日被抓去坐过牢，保释后又到杭州避难。大女儿除了照顾妹妹，还要探监送饭，奔波在好几家人家教钢琴，以所挣的钱来维持一家生活。所以董竹君总是说："要感谢她的大女儿，为家庭作出了重大牺牲。"

这一切，当然与母亲平时的教育分不开。

董竹君又是一位严格的母亲，对孩子从不溺爱，弄坏了东西，做错了事情，只要认错就不追究。但如果说谎撒赖，那就会不客气。她常对她们说"你们之中若有一个不听我教导，走上错误道路，我决不饶恕！"她把严父和慈母的双重责任，都担在自己肩上了。她的心血没白费，5 个儿女个个成材，也个个敬重母亲。她在教育儿女上还有一个特点就是：一视同仁，绝没任何偏心。常有熟悉的朋友问她："你最喜欢哪个女儿？"她回答："谁有困难，就同情谁、帮助谁。"这句话言简意赅，说明了一个母亲的宽广胸怀。她的儿女们如今也都年逾花甲，第三代、第四代都有了。她们常对人说："感谢母亲把我们带离一个封建家庭，使我们有了崭新的人生"。

在上海滩，一个赤手空拳闯荡创业的女人……历经无数难以想象的艰苦，闯过无数无法逾越的难关，她一方面周旋于上海警备司令杨虎、杜月笙、黄金荣等等权贵们之间，同时又追随革命和进步，秘密帮助、掩护共产党人进行地下革命工作。董竹君完全依靠自己的智慧、才能和勇气，创立起了锦江菜馆和锦江茶室。

1951 年，她率先把价值几千万美元的锦江饭店无偿献给国家。她连任七届全国政协委员。

姑娘看不上的小伙子

阳光普照与暴风雨，不过是天空表情的不同而已，而不管命运是甘甜或苦涩，都应该使它成为最好的人生粮食。

——贺尔曼

在比利时首都布鲁塞尔，啤酒生意是很难做的。但“哈罗”啤酒都卖得顶呱呱。这家叫“哈罗”的啤酒厂位于布鲁塞尔东郊，无论是厂房建筑还是车间生产设备都没有很特别的地方。但该厂的销售总监林达是轰动欧洲的策划人员，由他策划的啤酒文化节曾经在欧洲多个国家盛行。当有人问林达是怎么做“哈罗”啤酒的销售时，林达说，自己和哈罗啤酒的成长经历一样，从默默无闻开始到轰动半个世界。

林达刚到这个厂时是个还不满 25 岁的小伙子，那时候他有些发愁自己找不到对象，因为他相貌平平且又贫穷。但他还是看上厂里一个很优秀的女孩，当他在情人节给她偷偷地献花时，那个女孩伤害了他，说：“我不会看上一个普通得像你这样的男人。”于是林达决定做些不普通的事情，但什么是不普通的事情呢？林达还没有仔细想过。

那时的哈罗啤酒厂正一年一年地减产，因为销售的不景气而没有钱在电视或者报纸上做广告，这样开始恶性循环。做销售员的林达多次建议厂长到电视台做一次演讲或者广告，都被厂长拒绝。林达决定冒险做自己“想要做的事情”，于是他贷款承包了厂里的销售工作，正当他为怎样去做一个最省钱的广告而发愁时，他徘徊到了布鲁塞尔市中心的于连广场。这天正是感恩节，虽然已是深夜了，广场上还有很多欢快的人们，广场中心撒尿的男孩铜像就是因挽救城市而闻名于世的小英雄于连。当然铜像撒出的“尿”是自来水。广场上一群调皮的孩子用自己喝空的矿泉水瓶子去接铜像里“尿”出的自来水来泼洒对方，他们的调皮启发了林达的灵感。

第二天，路过广场的人们发现于连的尿变成了色泽金黄、泡沫泛起的“哈罗”啤酒。铜像旁边的大广告牌子上写着哈罗啤酒免费品尝的字样。一传十，十传百，全市老百姓都从家里拿自己的瓶子杯子排成长队去接啤酒喝。电视台、报纸、广播电台争相报道，林达把哈罗啤酒的广告不掏一分钱就成功地做上了电视和报纸。该年度的啤酒销售产量跃升了18倍。

就这样，林达成了闻名布鲁塞尔的销售专家。

穷途末路的时候

真正的友情就像良好的健康一样，不到丧失不会明了它的价值。

——柯尔顿

1946年的秋天，26岁的汪曾祺从西南联大肄业后，只身来到上海，打算单枪匹马闯天下。在一间简陋的旅馆住下后，他就开始四处找工作。工作显然不好找，他便每天在胳肢窝里夹本外国小说上街。走累了，他就找条石凳，点燃一支烟，有滋有味地吸着，同时，打开夹了一路的书，细心阅读起来。有时书读得上瘾了，干脆把找工作的事抛到一边，一颗心彻底跳入文字里沐浴。

日子越拖越久，兜里的光洋越来越少；能找的熟人都找了，能尝试的路子都尝试过了。终于，有一天下午，一股海涛般的狂躁顷刻间吞噬了他！他一反往日的温文尔雅，像一头暴怒不已的狮子，拼命地吼叫。他摔碎了旅馆里的茶壶、茶杯，烧毁了写了一半的手稿和书，然后给远在北京的沈从文先生写了一封诀别信。信邮走后，他拎着一瓶老酒来到大街上。他边迷迷糊糊地喝酒，边思考一种最佳的自杀方式。他一口口对着嘴巴猛灌烧酒，内心里涌动着生不逢时的苍凉……晚上，几个相熟的朋友找到他，他已趴到街侧一隅醉昏了……

很快汪曾祺就接到了沈先生的回信。沈先生在信中把他臭骂了一顿，沈先生说："为了一时的困难，就这样哭哭啼啼地，甚至想到要自杀，真是没出息！你手里有一支笔，怕什么！"

沈先生在信中谈了他初来北京的遭遇。那时沈先生才刚刚20岁，在北京举目无亲，连标点符号都不会用，就梦想着用一支笔闯天下。但只读过小学的沈先生最终成功了，成为国内外享有盛誉的大作家。读着沈先生的信，回味着沈先生的往事和话语，汪曾祺先是如遭棒喝，后来一个人偷偷地乐了。

不久，在沈先生的推荐下，《文艺复兴》杂志发表了汪曾祺的2篇小说。后来，汪曾祺进了上海一家民办学校，当上了一名中学教师，再后来，他也和沈先生一样，成了国内外享有盛誉的作家。

逃跑的童养媳

胜利者知道无快捷方式可达到高峰，他们一步一步地爬上山去，直升机对他们毫无用处。

——艾德勒

黄道婆是我国古代一个平凡的劳动妇女。尽管史书里没有任何关于她的记载，但人民歌颂她的歌谣却一直流传至今。她对我国的棉纺织技术的改革和传播作出了重要贡献。

黄道婆出身很苦，很小时候就卖给人家当童养媳，小小年纪每天得承担许多繁重的劳动，白天下地干活，晚上纺纱织布，还经常遭受公婆和丈夫的虐待。

有一天，她劳累了一天回家烧饭，动作稍微慢了些，又遭到了一顿毒打。她不愿再忍受折磨，偷偷地逃跑了，逃到了海南岛的崖州。

崖州是黎族聚居的地方。淳朴善良的黎族同胞十分同情黄道婆，请她留下来共同生活，还把他们比较先进的纺织技术教给她，让她纺纱织布度日子。黄道婆把黎族和家乡的纺织技术融合起来，在辛勤的劳动中改革纺织方法。慢慢地黄道婆成了一名出色的纺织能手。

虽然黄道婆的婆家对她很不好，但黄道婆对自己的家乡却非常想念。在崖州生活23年以后，她带着黎族妇女的纺织用具回到了故乡。家乡的乡亲们对她带来的新式纺织机和织出的细布很感兴趣，黄道婆就耐心地教他们。她一边教一边改革家乡落后的棉纺织工具，在轧子、弹花、纺纱、织布四个方面对棉纺织工艺进行了系统的改革，使江南一带的纺织业得到很大发展，产品驰名全国。

黄道婆去世后，家乡人民为她建了一座祠堂，以表示对她的感谢和怀念。

贫民窟走出的大师

笑声有如音乐，在可以耳闻笑声的地方，人生的各种灾祸都遁逃无踪。

——杉达思

1889年4月16日，查尔斯·斯宾塞·卓别林诞生于英国伦敦的一个贫民区。卓别林的父母都是杂剧场的喜剧演员。卓别林出生一年后，他的父母便离了婚。此后，他和哥哥同母亲生活在一起。

小卓别林长得聪明伶俐，非常喜欢唱歌跳舞。母亲每次演出都要把他带到剧院，让他站在舞台幕后观看演出。卓别林3岁那年的一天，母亲正在台上演唱时，嗓子忽然哑了，唱不出声来。不幸的是，她再也没能恢复，不久，她便失业了。

自从母亲失业后，家境越来越贫困，他们一再搬迁，最后，他们不得不住进了贫民收容所。3周后，兄弟俩又被送入汉威尔贫民孤儿院，此后，母子3人更是难得一聚。

一年后，他们的母亲终于再次被厄运击倒，她患上了精神病，被送进疯人院。后来，母亲病愈后，她靠给人做针线活赚些钱，把卓别林送进了学校。卓别林非常珍惜学习的机会，他总是有一种冲动，他要把自己的才能向同学们展示出来，他很喜欢诗歌和音乐。可是好景不长，迫于生计，卓别林恋恋不舍地离开了他喜爱的学校。经过父亲推荐，不满10岁的卓别林参加了兰开夏童伶舞蹈班。在这里，卓别林不仅学习了舞蹈，还想方设法学了一些其他的技艺。后来，母亲不忍心看着卓别林日益苍白、消瘦下去，就让他离开了那里。

为了挣钱养家糊口，卓别林做过报童、佣人，干过吹玻璃工、印刷工，他甚至跟人学会了制作玩具船，并沿街叫卖。

不久，他母亲因旧病复发被再次送入疯人院，而那时，当水手的哥哥随船去了非洲。11岁的卓别林不得不一个人孤苦无依地流落街头。

卓别林一心向往当一名演员，并积极为此寻找机会。终于，他在一个巡回剧团找到了工作，这是他人生旅途上的一个重要转折点，12岁的卓别林正式成了一名演员。长久以来的梦想终于变成了现实。从此，他跟随戏班，过着漂泊无定、闯荡江湖的生活。

随后，他又在一个叫凯西的马戏团里做事。由于他对所刻画人物的深刻理解与表演技巧的日益成熟，他很快赢得了老板与观众的欢迎。在剧团工作期间，他刻苦训练、精益求精，不断汲取古典幽默剧的优良传统，初步形成了一套独特的哑剧风格。虽然此时的卓别林经济状况大有好转，但他仍然过着俭朴的生活，滴酒不沾。他最大的嗜好就是读书，经常把自己置身于书籍的包围之中，广泛涉猎，如饥似渴，几乎是不加选择，所读的书包括叔本华、尼采、莎士比亚等人的著作，甚至是医学著作和政治论文也在其中。他急切地希望用知识武装自己。

1907年，卓别林被卡尔诺剧团录用，从此声名大震。卓别林经常随团到各地演出，也有机会接触到更多的新鲜事物。

卓别林在纽约演出时，引起了好莱坞片商的注意。1913年底，他和基斯顿公司签订了一年的合同，正式成为该公司的主要演员。卓别林从此开始了他的银幕生涯。

卓别林在1914年一年内主演了35部短片，其中21部是他自编、自导的。他的流浪汉夏尔洛的形象赢得了观众的广泛认同。

很快，卓别林轰动全球，他成了家喻户晓的大明星。夏尔洛也随之从一个小丑升华为一个有人格、有灵魂的银幕形象。

1914年，第一次世界大战爆发。卓别林决心揭露、抨击残害人民的各种邪恶势力。他先后完成了社会讽刺片《安乐街》、《移民》、《狗的生涯》和《夏尔洛从军记》等影片。这些影片从不同角度揭露了战争给人们带来的灾难。他的影片以短小精悍、情趣丛生见长。

此后，富有正义和社会责任感的卓别林通过多部影片大胆揭露了资本家、独裁者和军火商等剥削者的罪行。不久，他便因此在美国受到政府的迫害。为此，他发表了一篇题为“我向好莱坞宣战”的文章，向全世界控诉他所遭遇的迫害。

1938年10月，卓别林写了一部剧本名叫《独裁者》，这是一部以讽刺和揭露希特勒为主题的电影剧本。

隔年电影要开拍了，派拉蒙电影公司以侵犯到著作权，来跟卓别林谈判，派拉蒙电影公司说：

“先生，你知道理查德·哈定·戴维斯曾经以《独裁者》为名，写过一出戏剧。所以说，《独裁者》这个名字，归派拉蒙公司所有，如果先生执意要用此名，那么就必须付出2.5万美元的转让费，否则就是侵犯著作权，必须诉诸法律。”

卓别林几番和派拉蒙谈判都没有达成共识，恼怒之情溢于言表，不过他灵机一动，当即在《独裁者》前面加上了一个“大”字。

幽默大师卓别林说：“你们写的是一般的独裁者，而我写的是大独裁者，两者可说是风马牛不相及，所以根本不会有所谓的侵犯著作权的问题。”说完，卓别林即扬长而去，留下一脸错愕的派拉蒙老板。

这样幽默的大师，在碰到危险时的反应果真也和他人不一样。曾经有一次，卓别林走在路上，走着走着碰到歹徒要洗劫他，天才的卓别林被歹徒用枪指着头打劫。卓别林知道处于弱势，所以不做无谓抵抗，乖乖奉上钱包。不过他却心生一计，运用他天生幽默的表演技巧。

他要求抢匪说：“这位大哥，这些钱不是我的，是我们老板的，现在这些钱被你抢走，我们老板一定认为我私吞公款。不如这样好了，我和你打个商量，拜托您在我的帽子上打2枪，证明我遭打劫了。”

歹徒心想，有了这笔巨款，子弹钱算便宜了，于是便对着帽子射2枪。

卓别林再次恳求：“大哥，可否在衣服、裤子再各补一枪，让我的老板更深信不疑。”

愣头愣脑、被钱冲昏头的抢匪，统统照做，6发子弹全射光了。这时，卓别林一拳挥去，打昏了歹徒，赶紧取回钱包，笑嘻嘻地走了。

还有一次卓别林在看电影，邻座的一个小偷趁机把手伸进他的口袋中，想偷他的皮包，不过被卓别林给发现了。

小偷赶紧辩解说：“哎呀！真对不起，我想掏手帕，却掏错了口袋。”

过了一会儿，卓别林重重的一个耳光打在小偷的脸上，随即反应地说：“唉，我想打死我脸上的蚊子，却打错了地方。”

1952年，美国政府决定对在法国旅行的卓别林实行限制入境。随后，卓别林决定定居瑞士。

1954年5月，在柏林召开的世界和平理事会宣布，鉴于卓别林“丰富多彩的活动、对和平事业及各国人民之间的友谊作出的特殊贡献”决定颁发给他国际和平奖金。

耳聋的少年

> 进入一不同的新行业，必须对自己充满信心，在面对无情的打击和不公的命运时，你必须要能自持。
>
> ——苏菲亚罗兰

1873年的一天，俄国莫斯科广场上人流如海，人们在兴致勃勃地观看飞行表演。表演者托着帽子跟观众要了钱后，坐在系在一个大气球下的柳条筐里，助手们解开系在木桩上拴气球的绳子后，大气球飘然而起，乘风直上，载着柳条筐越飞越远。在欢呼雀跃的观众中间，有一个 16 岁的少年一动也不动，看呆了。气球飘远，人群散去，广场上冷清清的，少年这才想起自己还没找到住处呢！

这个少年的童年很不幸。10 岁那年，他得了一场猩红热，留下了耳聋的终身残疾。耳朵聋了，坚持正常上学很困难，虽然他顽强地想坚持，但还是因为无法听清老师讲什么而退了学，由妈妈在家里教他认字。2 年后，妈妈去世了，无人再教，他就自个在家自学。

耳朵的失聪，使他变得性格孤僻，不愿参加小伙伴的喧闹游戏。但他天生有一双灵巧的手，他动手制作玩具，制作模型。有一次，他看见一台车床，想照样子做一台，大人们说他瞎闹。他虽然听不见，但他感觉出来了，心里憋了一口气，非做成不可。当他把车床做出来时，大人们这才无话可说。

他自学了测量学、物理学以后，能造的东西更多了。如用蒸汽推动的汽车、纸气球、风磨以及带翅膀的飞行器等等，他都做过。在制作中，他学会了木工、钳工和其他的技能。当他摆弄他的制作时，村里的小伙伴常常围着他打转，有时他也给大伙作表演。他的小发明本事很快就传遍了村子。

少年耳聋志不减，在强烈的求知欲望驱使下，他只身一人来到莫斯科。这位少年就是大名鼎鼎的齐奥尔科夫斯基。

在莫斯科，齐奥尔科夫斯基举目无亲。好在他以勤奋刻苦赢得了契尔特夫图书馆馆员费多罗夫的喜爱，这位学识渊博的热心人给了他很大的帮助。在费多罗夫的指导下，齐奥尔科夫斯基用 3 年的时间学完了大学的课程。3 年之中，齐奥尔科夫斯基除了看到书和费多罗夫，好像再没有看到过其他的人，他读书专心刻苦的程度几乎令人难以置信。他经常饿着肚子张开想象的翅膀，幻想着一定要发明一种可以飞到天空中去的金属飞行器。

1878 年夏天，21 岁的齐奥尔科夫斯基开始为发明一种升入大气层外的仪器进行认真的研究。要飞出大气层，就要克服地球的引力。自从有了人类世界，人们还从来没有挣脱过地心引力的束缚，而把自己的活动范围扩展到宇宙空间。要解决这个问题，没有前人的经验可作参考，齐奥尔科夫斯基只有靠自己独立钻研。当他终于完成金属飞艇的设计，写出《气球的理论和实验》的科学论文，并在莫斯科自然科学爱好者协会上作了介绍，准备把所有的资料模型都寄给有关方面时，一场大火无情地烧毁了他多年的心血结晶。他大病了一场。

3 年后，他把重新设计和研制的资料模型寄了出去。然而，等来的是一瓢凉水。沙皇政府没有重视他正确的设想和设计。齐奥尔科夫斯基转向了对飞机的研究。他设计的“鸟形飞机”完全合乎现代空气动力学的观点。但是，他制造先进飞机的理想在当时同样不能实现。

一次次的冷遇，并没有使齐奥尔科夫斯基放弃对飞行科技的研究，终于在火箭技术和星际航行方面作出了卓越的贡献，被后人称为“火箭之父”。

聋哑的影后

> 只有在突破自我关切的瓶颈，进而关切全人类的福祉时，人生才算真正开始。
>
> ——马丁 · 路得 · 金

1987 年 3 月 30 日晚上，洛杉矶音乐中心的钱德勒大厅内灯火辉煌，座无虚席，人们期盼已久的第 59 届奥斯卡金像奖的颁奖仪式正在这里举行。在热情洋溢、激动人心的气氛中，仪式一步步地接近高潮——高潮终于来到了。主持人宣布：玛莉 · 马特琳在《小上帝的孩子》中有出色的表演，获得最佳女主角奖。全场立刻爆发出经久不息的雷鸣般的掌声。玛莉 · 马特琳在掌声和欢呼声中，一阵风似的快步走上领奖台，从上届影帝——最佳男主角奖获得者威廉 · 赫特手中接过奥斯卡金像。

手里拿着金像的玛莉 · 马特琳激动不已。她似乎有很多很多话要说，可是人们没有看到她的嘴动，她又把手举了起来，不是那种向人们挥手致意的姿势，眼尖的人已经看出她是在向观众打手语，内行的人已经看明白了她的意思：说心里话，我没有准备发言。此时此刻，我要感谢电影艺术科学院，感谢全体剧组同事……

原来，这个奥斯卡金像奖颁奖以来最年轻的最佳女主角奖获得者，竟是一个不会说话的哑女。

玛莉·马特琳不仅是一个哑巴，还是一个聋子。

玛莉·马特琳出生时是一个正常的孩子。但，她在出生 18 个月后，被一次高烧夺去了听力和说话的能力。

这位聋哑女对生活充满了激情。她从小就喜欢表演。8 岁时加入伊利诺伊州的聋哑儿童剧院，9 岁时就在《昂斯魔术师》中扮演多萝西。但 16 岁那年，玛莉被迫离开了儿童剧院。所幸的是，她还能时常被邀请用手语表演一些聋哑角色。正是这些表演，使玛莉认识到了自己生活的价值，克服了失望心理。她利用这些演出机会，不断锻炼自己，提高演技。

1985 年，19 岁的玛莉参加了舞台剧《小上帝的孩子》的演出。她饰演的是一个次要角色。可就是这次演出，使玛莉走上了银幕。

女导演兰达·海恩丝决定将《小上帝的孩子》拍成电影。可是为物色女主角——萨拉的扮演者，导演大费周折。她用了半年时间先后在美国、英国、加拿大和瑞典寻找，但竟然都没找到中意的。于是她又回到了美国，观看舞台剧《小上帝的孩子》的录像。她发现了玛莉高超的演技，决定立即启用玛莉担任影片的女主角，饰演萨拉。

玛莉扮演的萨拉，在全片中没有一句台词，全靠极富特色的眼神、表情和动作，揭示主人公矛盾复杂的内心世界——自卑和不屈、喜悦和沮丧、孤独和多情、消沉和奋斗。玛莉十分珍惜这次机会，她勤奋、严谨、认真对待每一个镜头，用自己的心去拍，因此表演得惟妙惟肖，让人拍案叫绝。

就这样，玛莉·马特琳成功了。她成为美国电影史上第一个聋哑影后。正如她自己告诉人们的那样：我的成功，对每个人，不管是正常人，还是残疾人，都是一种激励。

逆境的收获

适合某人穿的鞋，可能会让另一个穿来痛苦不堪；生活没有放诸四海皆准的良方。每个人都有他自成一格的生活模式。

——艾瑞克

有两名大学生，同一个学校毕业的，毕业后竟然分配到一家中型机械企业。其中一位在厂里有背景；另一位则是工人家庭出身。进厂实习一过，就有两个工作岗位等着他俩上岗：一个是汽修车间的技术员，另一个是机关干事。那个有背景的大学生通过各种渠道开后门，最后如愿以偿地去机关做了一名令人羡慕的机关干事。然而那个没有后门的大学生只好下到油乎乎的汽修车间里做一名普通的技术员。

当时他很生气，在学校读书时，自己各门学科的成绩都比那位有后门的同学要高出许多。然而到分配的时候，自己却落到这种地步，他深感世道不平。但不平归不平，饭碗总得要，因此，他只有认命。就这样，一个努力钻研汽修技术，整天灰头土脸；一个日日喝杯茶水看看报纸就等下班。相安无事度过了 2 个年头。

在他们进厂的第三年时，企业开始接不到订单。一年间，一亏再亏，年底很快就发不出工资了。等到两位大学生进厂的第四个年头，企业破产了。两位大学生也同厂里的许多人一样，纷纷奔向社会。

下岗后，他们和许多老工人一起与厂里的领导多次交涉。终于，厂里作出决定：按每个职工的在厂工龄，一年补贴 4000 块。那么对他俩来说，在厂工作了 4 年，加起来也只有 16000 块钱。

当他们拿到厂里发给他们的最后一笔钱时，内心很茫然，也很复杂。因为他们还没有成家，这笔工龄钱对于他们来讲，只是杯水车薪。最后，他们相互友好地笑了笑各自去闯自己的世界。

那位没有背景的大学生4年来在车间里一直干的是汽车维修，一次，他筹集一笔贷款后，就开了一家专门维修出租车的汽修厂。

这几年城市的出租车越来越多，再加上他维修技术很高，在两年不到的时间里，他的厂房一扩再扩。有人问他时，他很保守地说，他只有500万。

然而那位有背景的大学生，4年来在机关里上班倒是挺舒服，早晨到机关露个面后，就没事了。走上工作岗位，他似乎也没有干什么事。因此，他失去后台后，面向社会时，学业荒弃了，自己又没有一技之长，再加上他也一直懒散惯了，因此只能到处打零工。有时他也在心里发牢骚，自己是堂堂的本科大学生，竟然落到这种地步，真是倒霉透了。

更具有戏剧性的是：他最后只能投奔那位开汽修厂的老同学。如今，在老同学的帮助下，他正在踏踏实实地从一名汽修技术员干起。

贫穷的书生

> 一棵树长到它想长的高度后，它才知道怎样的空气适合它。
>
> ——亨　利

明代有一个人叫宋濂（1310～1381），字景濂，潜溪人。这个人很有学问，散文写得很生动。明太宗起用他做翰林学士，当时朝廷上的重要文章都是他写的，他编修过《二十四史》之一的《元史》，著有《宋学士集》75卷，在当时被人们誉为“开国文臣之首”。不知道底细的人，也一定认为他大概有很好的学习条件，其实不然。他幼年时家中很穷，但他想方设法地为自己创造学习条件，并先后找到了著名的古文家吴莱、柳贯、黄溍等人做他的老师。那么他是怎样学习的呢？还是让他自己来介绍吧。他说：

“我从小就特别爱学习、好钻研。那时候家里很穷，没钱买书，就只好到有书的人家里去借。借来以后，就抓紧时间亲笔抄写，以便按预约时间送还人家。

有时天气特别冷，砚台里的墨汁都冻成了冰，手也冻得弯不过来，但我还是赶着抄写，不敢有半点偷懒。抄写完了，总是赶快把书送还，绝对不敢稍稍错过还书的时间。

因为见我守信用，所以好多人家都肯把书借给我看，我也因此能够遍览群书了。

到了成年，就更加羡慕学者们的成就和品德，想学到更多的东西，但苦于没有好的老师做指导，也没有知名的朋友往来，互相研究。因此，只好赶到百里之外，去找有名望的老师请教……

我向百里外的老师去求教的时候，自己要背上书箱和行李，爬过高山，越过深谷。那天天气寒冷极了，又刮着大风，飘着大雪，脚下的积雪有好几尺深，脚上冻了老大的裂口也不知道疼痛。等赶到老师的家里，冻得四肢僵直，、简直动弹不得了。老师家里的人给端来热水烫洗，又给我身上蒙上被子，好长时间才算暖和过来。

住不起学校，便和一个穷店主一起吃住；一天只吃两顿饭，更谈不上有什么鱼、肉可吃。

和我一起学习的人，都是穿着绣花的绫锣绸缎，戴着镶嵌明珠珍宝的帽子，腰里系着白玉环，左边佩带着宝刀，右边备有香囊，打扮得光彩照人，就像神仙似的。而我却穿着旧衣破袍，夹杂在这些阔学生中间，但自己从来没羡慕过这些人。因为我从知识中得到了极大乐趣，什么吃的不如人呀，穿的不如人呀，这些便根本不去理会了。”

创造自己的生活

> 无论真实的自我是如何奇怪或令人惊异，我们必须敢于作自己。
>
> ——梅·莎顿

某音乐学院的一个大学生，被分配到某企业的工会做宣传工作。刚一开始，他很苦恼，认为自己的专业才能与工作不对口，况且，再怎么说自己也是一个大学生呀，没能做个主任什么的也不能在基层做宣传呀！在这里长干下去，不但自己的前途会耽误，而且日久生疏，自己的专业也可能被荒废。

为了让自己有一个适合自己发展的环境，这个大学生发动周围的亲戚朋友，只要有一线希望他都不会放过。但是，尽管他竭尽全力地要离开这里，因为机遇欠佳，最终没有成功。从此以后，他便死心塌地地安守在这个工作岗位上，他发誓要改变“英雄无用武之地”的状况。他找到单位工会主席，提出了自己要为企业筹建乐队的计划。正好这个企业刚从低谷走出来，扭亏为盈向高潮发展，也想大张旗鼓地宣传企业形象，提高产品的知名度，就欣然同意了他的计划。

有了领导的支持，他精神大振，跑基层、寻人才、买器具、设舞台、办培训，不出半年，就使乐团初具了规模。2 年以后，这个企业乐团的演奏水平，堪与专业乐团相媲美，人们称乐团拥有全市一流的水平，而他自己也成了全市知名度较高的乐队经理。

通过自己的努力，这个大学生完全改变了自己所处的环境，化劣势为优势，不但开辟出了自己施展才能的用武之地，而且培养了自己的领导管理才能，为他以后寻求更大发展奠定了坚实的基础。这时，他反而庆幸当初自己没有离开了。

努力改变自己

业精于勤，荒于嬉。

——韩　愈

查里斯出生时，大夫告诉他的母亲：“趁现在还来得及最好送他到疯人院去。”查里斯没去那儿，但家里却为此吃足了苦头。快 3 岁时，他才摇摇晃晃地会走第一步；整整一个冬天，他的2个姐姐带他坐在一面大镜子前，抓着他的手点着自己的鼻子，问他："这是什么？""嘴巴。"更糟的是，包括他父母亲在内，很少有人能听懂他说的话。4岁那年，他被送往"肯尼迪儿童中心"学习。在那儿，他终于有了长足的进步。一天，他捧回一个刻着"Cheerios"字样的盒子给母亲："看，上面有我的名字！"（他的名字为：Chris）母亲高兴得流下了眼泪。

8岁那年的一天下午，他翻出一本旧的照相本，里面有他的2个姐姐幼年时在电视广告中的剧照。他一下给迷住了，痴痴地一再嚷道："我要……我也要上电视！"他的父亲忧心忡忡地劝道："我实在看不出有这种可能性。"

查里斯却从没忘怀他的梦。一有空，他便一遍遍地借助着录像带练习唱歌和跳舞。4年后，机会终于来了。他在学校的圣诞晚会上扮演一个牧羊人，唯一的一句台词是："嗨，真逗！"为这句话，他反复练习了2个多星期，连在梦中也念叨不已。

演出的那天，观众席上的一位来宾听说了这件事。"真逗！"他对自己说。又过了10年，这位好莱坞制片人准备推出一部肥皂剧的时候，发现还少个跑龙套的角色。他抓起电话，"嗨，小伙子，对好莱坞还有兴趣吗？"千里之外，查里斯热情洋溢的声音顿时打消了他的疑虑。"好莱坞？太棒了！要知道我没有一天不想它呢！"

这样，当查里斯22岁那年，他第一次来到了好莱坞，和那些大明星在一起，他感到无比高兴和激动，说话也变得流畅自然了。

电视剧原定于1987年9月播出，然而全美电视网联播公司拒绝购买播映权。查里斯的梦幻破灭了。

他又回到了原先工作过的单位。到1988年，他已有了令人羡慕的固定薪水。他的家人和一些朋友都为之欣慰。他们一再对他说："你必须忘掉那些关于好莱坞的陈词滥调，那扇门不会向你打开的！"但查里斯深信，门会开的。

好莱坞也没忘记他。不少人都说："让这个迷人的小伙子离开银幕太可惜了，何不再安排一次机会让他碰碰运气呢？"于是，一个编剧专为他写了一部家庭伦理片。剧中父子2人——儿子像查里斯一样，患有先天性残疾

——相濡以沫，共度艰难人生。正式开拍那天，查里斯站在摄影机前，泪流满面。他想起了自己坎坷不平的人生道路，想起了父母亲过早花白的头发，想起了无数帮助过自己的认识的和不认识的朋友，更想起了那些在疯人院中孤苦无助的同龄人。他泣不成声地对“父亲”道：“天真黑！爸爸，拉我一把。你的手会给我温暖和勇气。让我们手拉手，共同走完这条人生路上泥泞的短暂的隧道……”

查里斯成功了。所有的评论都说，“这部影片可能不是最出色，但肯定是最感人的。”

一夜间，查里斯成了人们的偶像。信件铺天盖地般涌来。一个中学生来信说：“我今年 17 岁，和你一样，我也患有严重的残疾。你是我心中的英雄。是你，改变了我的生活。”

“我不是英雄，”查里斯告诉他。“我只是努力去改变自己。也许，生活也因此一天天地变得更美好了些。”

屠刀下的精神自由

天将降大任于斯人也，必先苦其心志，劳其筋骨，饿其体肤，空乏其身，行拂乱其所为。

——《孟子·告子下》

国际著名的精神病学家 V·弗兰克在第二次世界大战时曾被关进德国集中营。他曾是一个弗洛伊德心理学传统培养出来的宿命论者，这种心理学认为，你一生的造化和大数已定，基本上可以说，你越不出定数。

弗兰克在纳粹德国的死亡集中营里，遭受了种种与我们的尊严感格格不入的虐待，甚至重复这些事就会使人不寒而栗。

他的父母，兄弟和妻子或死于集中营里或被送进了毒气室。除了一个妹妹，他的全家都完了。弗兰克自己也遭受了数不清次数的毒打，肉体上的伤害还是次要的，人格的侮辱才是让人痛不欲生的。

一天，当他被剥去衣服单独囚禁在一间窄小的牢房里时，他开始意识到了他后来称之为“最后一点人类自由”的东西，这种自由是纳粹看守无法剥夺的。他们可以控制他的整个环境，他们可以对他的肉体肆意妄为，但弗兰克是一个具有自我意识的人，他可以像一个旁观者那样注视着自己正陷入的境遇。他基本的同一性仍完好无损。他可以由他的内心来决定这一切将怎么影响他。在他身上发生的即刺激和他对这种刺激的反应之间，存在着他选择做出哪种反应的自由或权利。

每当他遇到这种残忍虐待时，弗兰克就会设想自己处在不同的环境中，诸如想象他从死亡集中营获释后在向他的学生讲课。他会在教室里以他心灵的眼睛描述他的状况，并将他在严刑拷打中得出的训诫告诉他的学生。

通过一系列这种精神上的锻炼，他行使起他所拥有的些微和萌芽状的自由，直至这种自由变得越来越大，他成为他周围的人，甚至成为某些狱守的力量源泉。他帮助他人寻找蒙受痛苦的意义，寻找他们囚禁生活中的尊严。他们又恢复了正常人的生活。

农家孩子的成长

> 一寸光阴一寸金，寸金难买寸光阴。
>
> ——《增广贤文》

贾兰坡，1908 年 11 月 25 日生于河北省玉田县邢家坞村，是一个普通的农家孩子。他大胆、谨慎、谦虚、爱劳动、诚实，后来他成了中外知名的古生物学家、地质学家、古人类学家。

贾兰坡从小对历史兴趣很浓，对自然科学更加钟爱。由于家境贫寒，中学毕业后就走上了自学之路。

1931年春，他考取了当时的中央地质调查所，当了一名练习生。不几天，即随着名考古学家裴文中到周口店作了一名徒弟。在那里，他什么都做，从不厌烦。最初月薪才25元。后来，他先到北京大学学习地质学，以后又到协和医院学习解剖学。那时，他身上带有很多骨头，他一走动，总是"哗啦、哗啦"地响。功夫不负有心人，他的学识突飞猛进。从1935年起，他就掌管了周口店的发掘工作。这时，他已晋升为技士。1937年"七七事变"后，贾兰坡为了保护祖国科学财产，冒着风险，大胆谨慎地把珍贵的周口店北京人遗址的平面图和剖面图复制了下来，免遭失落。

早在30年代，贾兰坡就对"北京人"的地质分层、文化性质和生活环境诸方面，进行了深入的研究，写出了《中国猿人》、《河套人》、《山顶洞人》等300余种专著和论文。建国后，他主持或指导了山西西侯度遗址、匼河遗址、丁村遗址、许家窑遗址和陕西蓝田遗址等重要遗址的发掘，从中发现了著名的"蓝田人"头骨、"丁村人"的牙齿化石和"许家窑人"化石。

和古人类化石、石器、古脊椎动物化石打过半个多世纪交道的贾兰坡，虽是个年逾古稀的老人，但他"老骥伏枥，志在千里"。他近年主编的《科普全书》中的《人类的黎明》已出版，又立即接受了主编《中国大百科全书·考古学》中的《旧石器时代考古》部分的任务。

又聋又哑又盲的女童

每个意念都是一场祈祷。

——詹姆士·雷德非

海伦·凯勒，1880年出生于亚拉巴马州北部一个叫塔斯喀姆比亚的城镇。在她1岁半的时候，一场重病夺去了她的视力和听力，接着，她又丧失了语言表达能力。

然而就在这黑暗而又寂寞的世界里，她竟然学会了读书和说话，并以优异的成绩毕业于美国拉德克利夫学院，成为一个学识渊博，掌握英、法、德、拉丁、希腊五种文字的著名作家和教育家。她走遍美国和世界各地，为盲人学校募集资金，把自己的一生献给了盲人福利和教育事业。她赢得了世界各国人民的赞扬，并得到许多国家政府的嘉奖。

一个聋盲人要脱离黑暗走向光明，最重要的是要学会认字读书。而从学会认字到学会阅读，得付出超乎常人的毅力。海伦是靠手指来观察老师莎莉文小姐的嘴唇，用触觉来领会她喉咙的颤动、嘴的运动和面部表情，而这往往是不准确的。她为了使自己能够发好一个词或句子，要反复地练习，海伦从不在失败面前屈服。

从海伦7岁受教育，到考入拉德克利夫学院的14年间，她给亲人、朋友和同学写了大量的信，这些书信，或者描绘旅途所见所闻，或者倾诉自己的情怀，有的则是复述刚刚听说的一个故事，内容十分丰富。

在大学学习时，许多教材都没有盲文本，要靠别人把书的内容拼写在她手上，因此她在预习功课的时间上要比别的同学多得多。当别的同学在外面嬉戏、唱歌的时候，她却在努力备课。

1968年6月1日，88岁高龄的海伦走完她传奇般的一生。因为她坚强的意志和卓越的贡献感动了全世界，各地人民都开展了纪念活动。有人曾如此评价她："海伦·凯勒是人类的骄傲，是我们学习的榜样"。

办事认真的小伙计

> 尺有所短，寸有所长；物有所不足，智有所不明。
>
> ——屈　原

胡雪岩12岁那年父亲去世了，在家贫的窘境中，他告别了母亲，只身去杭州信和钱庄里当起了学徒。胡雪岩天资聪颖，机警过人，还十分勤快。开始时，胡雪岩和其他伙计一样在店里站柜台，后来东家觉得这个小伙计顺眼，就派他出去收账，胡雪岩认真操办，从来没有出过纰漏，深得东家的赏识。

有一年夏天，胡雪岩在一家茶店里碰到一个落魄青年，攀谈后得知他叫王有龄，是一名候补盐大使，打算北上“投供”加捐。王有龄当时境况不好且又举目无亲、穷困潦倒，每天在茶馆穷泡，消磨时光，虽然捐了官却无钱去“投供”。胡雪岩了解到这些情况后，心头不由地一亮，他想，眼前的王有龄绝非等闲之辈，若助他进京“投供”，日后定有出头之日，到那时岂不成为助己飞黄腾达的靠山！

于是，胡雪岩把老板交办给他的银票交给了王有龄。事实证明，胡雪岩的判断是对的。他后来正是靠着朋友工有龄的帮助，成为商场上呼风唤雨的人物。

后来王有龄自杀身亡，但已踏上官商之路的胡雪岩不能一日无官场靠山，于是他又将目光投向了更有价值的人物左宗棠。由于有了左宗棠这个大靠山，胡雪岩衰败的生意很快有了生机，而且比以前发展更快。

永远向前行

少壮不努力，老大徒悲伤。

——汉乐府古辞《长歌行》

在香港华商中，霍英东的起点可能是最低的。他本是船民之子，当许多人已腰缠万贯时，他每天还在为吃饭问题苦苦挣扎。

他上中三时，日本侵华，时局动荡，他辍学加入了苦力行业，从事了各种不同的苦力工作，虽然他表现不错，但无奈收入太微薄，看看出头无望，于是他自动辞职了。

日本投降后，第二次世界大战的战火渐渐平息，人们生活趋于稳定，各行各业也渐次走上了发展轨道。霍母以其生意人的眼光，看准了运输业务急剧发展的前景，便放弃了杂货店经营，把股权卖了8000元，租下了海边的一块地皮，再次经营起驳运生意。

霍英东替母亲管账，代她去收佣金，工作十分勤奋。母亲虽然精明稳健，是一家之主，但妇道人家仅以小生意为满足。霍英东却不然，他不满足于现状，一心想做成一番大事业，在这方面正好可以弥补母亲的不足。他领悟到这样下去很难有太大的发展，便开始留心观察，等待机会。

1948年，霍英东得知日本商人以高价收购可制胃药的海草，他知道这种海草生在海底，而且是在太平洋柏拉斯岛周围才有。于是他马上买来一艘61英尺长的摩托艇，并联络到10多个想赚钱的渔民，一同驶向柏拉斯岛。

他的判断没错，但海草全部卖完结算时，他们在海上6个月的含辛茹苦的所得竟然只够开销，等于一无所获。

1950年，朝鲜战争爆发。从这年10月起，中国数十万志愿军从丹东、集安相继跨过鸭绿江奔赴朝鲜，打响了历时4年之久的抗美援朝战争。战争当然意味着破坏，也意味着巨大的伤亡，是拼储备、拼资源的重大武装冲突，但对于商家来说，却意味着商机。

朝鲜战争使当时的香港成了中国的对外物资中转港，大量的军用物资堆积在码头上，在这里处理的剩余物资也无法估计。出生于驳船世家的霍英东自知这个机会的宝贵，迅速紧紧抓住，在香港展开了驳运经营。

由于牢牢抓住了机会，生意搞得十分顺利，他的拖船也很快由1条、2条变成了10条、数十条，成倍增加。这次创业他终于取得了重大突破，抗美援朝历时4年，而在这4年当中，霍英东崛起的速度几乎可以说是一夜之间，他一举成为香港业界新贵。

1954年，霍英东创建了立信建筑置业有限公司，放手从事地产业的投资经营。当时香港从事房地产投资的人很多，因为这是一个赚钱又多又快的行当，但真正在地产生意中获得成功的人却是有限的。从买进第一宗房地产起，几年内，立信建筑置业有限公司所建的楼在香港已到处可见，到20世纪70年代末80年代初，他名下有30多家公司，大部分经营房地产。

20世纪60年代初，他在经营房地产的同时兼做“淘沙生意”。60年代初，香港房地产业有了很大的发展，楼宇、码头建设兴盛，对河沙的需求量猛增，霍英东本人也在经营房地产的过程中为建筑材料的紧缺伤透了脑筋。也许正是因为他出身于水上人家，有着与其他房地产商不一样的参考系，他非常具有远见，想到了另一条财路：海底淘沙。

海底淘沙是一种费工多、收获少的行当，商人们不仅不愿轻易问津，甚至视之为畏途。但霍英东却有自己的如意算盘：从海底淘沙，不仅可以获得大量建筑用沙，而且可以挖深海床，治海造地，是一个很有前途的事业。只不过要想在海底淘沙中赚大钱，靠一般方式不行，需要加以改革，运用现代化的设备。

为了实现海底淘沙的设想，霍英东派人到欧洲订购了一批先进的淘沙机船，用现代化手段取代落后的人力方式。凭着为人所不敢为的果敢精神，霍英东从香港商界的视野盲点找到并挖到了宝，创出了奇迹。与此同时，霍英东奇招独出，又与港府有关部门订立了长期合同，专门由他负责供应各种建筑工程所用的海沙，这无疑是享有了淘沙生意的垄断权，成为香港淘沙业中的王者。此后，香港各区的大厦建筑、各处码头的建筑，以及填海工程，均由霍英东的“有荣公司”负责供应海沙。

在勤奋中站立

只睡五个半小时

奋斗、寻觅、发现，而不屈服。

——丁尼生

1924 年 1 月，革命导师列宁身患重病，生命垂危，床边的桌子上放着一本他正在读的书《热爱生命》。去世前两天的晚上，夫人克鲁普斯卡娅给他读了书中人与饿狼展开殊死搏斗、最后取得胜利的一段故事。列宁特别喜欢这段故事。这本书的作者就是美国著名小说家杰克·伦敦。

杰克·伦敦于 1876 年生于美国旧金山一个贫寒的农民家里。从 11 岁起，他就开始独立生活。这以后，他当过工人、水手、淘金者、流浪汉，几乎走遍了美国，吃够了苦头，受尽了折磨。同时，也广泛了解了社会，收集了大量写作素材。

1899 年，他的小说《给猎人》、《白色的寂寥》等相继发表，在美国文坛产生了广泛影响，他一跃成为知名作家。

他写作非常勤奋。他要求自己每天工作不得少于 16 至 18 小时。他只准自己睡 5 个半小时，调好闹钟，按时起床，一分钟也不多睡。

当他觉得劳累之时，抬头看见这些诗句，就顿觉精神倍增，又提笔写了下去。他成年累月坚持每星期写 6 天，倘有一天因故耽搁，第二天一定补足。

他写作非常严肃认真。动笔之前，他深思熟虑，打好腹稿，所以成文之后，几乎很少改动，而且书写非常工整。他通常每天写 2000 字就不再多写了。他认为每天 3000～4000 字的速度，写不出好作品来。因为作品不是从墨水瓶里流出来的，而是要像砌墙一样，对每块砖都经过慎重的选择。

正由于他的勤奋、认真，他短暂的一生虽只有 40 年，而文学活动只有 16 年，仍旧写出了近 50 部作品，而且这些作品在美国文学史上占有相当重要的地位，有的成为世界名著。

一生的自学习惯

青，取之于蓝而青于蓝；冰，水为之而寒于水。

——《荀子·劝学》

富兰克林小时候非常爱学习，可他只上了 2 年小学，12 岁开始就到哥哥开的印刷所当学徒。在印刷所，他浏览了许多著作，养成了良好的自学习惯，还经常学写文章。15 岁那年，哥哥筹办了一份报纸，富兰克林想在上面试一试自己的文笔。他想，哥哥肯定不会采用自己的稿子，就化名写了一篇文章，半夜里悄悄放在印刷所门口。第二天，哥哥果然发现了，请人审阅觉得不错，给发表了。以后，富兰克林常常如法炮制，瞒着哥哥发表了不少文章。

17 岁时，他离开家乡到费城一家印刷厂当工人。他良好的自学习惯一点没变，尽管收入很少，还是千方百计省出钱来买书。有时为了买书，就要饿上一整天。

有一次，他在路上看到一位满头白发的老奶奶，饿得走不动了，就把自己仅有的一块面包给了她。这一来，他自己就饿肚子了。但是他拿出书来，心里想：对我来说，只要不饿死，读书的滋味比面包好多了。

富兰克林不但学习努力，做事也非常勤快踏实，从不偷懒，大家都很喜欢他。看到他这么爱学习，有的人就主动借书给他。富兰克林对借来的书十分爱惜，从不乱折乱涂，有破损处还主动修补好，所以大家更乐意把书借给他了。

富兰克林给自己制订了一个“达到道德圆满的勇敢而艰苦的计划”，订了个小本子，专门记录道德修养方面的过与失。每天早晨，他还要订好当天的工作和学习计划，晚上自我检查。从17岁开始，天天如此。

富兰克林靠着自学，掌握了法语、意大利语和拉丁语等多种语言，阅读各种著作更加方便。他聚集起一帮好学青年，每当一天工作结束之后，共同讨论各种社会问题和自然科学问题，定期宣读各人所写的论文。大家学习的劲头很大，讨论的问题涉及到许多科学领域，但大家所掌握的知识毕竟有限，有时碰到一些疑难问题，谁也解答不了。

遇到这种情况怎么解决呢？富兰克林想出一个好主意，他建议大家把藏书都集中起来，互相取自己所需的借阅，以此让大家读到更多的书，增加更多的知识。在这个基础上，富兰克林拟订了一个详细的计划，到处筹集资金，在费城建立起全美洲第一所公共图书馆。

富兰克林挤出分分秒秒的时间，不断学习，为在生命的航船上扬起知识的风帆、驶向科学王国的彼岸而做好充分的准备。

1746年，英国学者斯宾士在波士顿做电学表演实验。富兰克林也去观看。实验结束后，斯宾士把一部分仪器送给富兰克林。富兰克林对电学的浓厚兴趣被激发了，又托人从伦敦弄来一只莱顿瓶，从此闯入了电学这块“待开垦的处女地”。

富兰克林是做物理实验的能手，不到几个月，就取得了一个重要发现，总结出电荷有正电和负电两类，为定量研究电荷的性质打下了基础。接着又进一步提出，电荷不能创生，也不能消灭，只能从一个物体转移到另一个物体。

为了揭开雷电现象的秘密，他冒着危险做了著名的“电风筝”实验，证实天电和地电是完全一样的。弄清雷电的性质后，他发明了避雷针，在科学史上写就了人定胜天的光辉一页。

求知若渴的罗蒙诺索夫

欲穷千里目，更上一层楼。

——王之涣《登鹳雀楼》

俄国著名科学家罗蒙诺索夫是一个渔民的儿子，他10岁就下海捕鱼，没有机会上学。可他非常爱学习，有空时就跟着一个邻居学识字。有一次，他跟父亲去邻村一户村民家，在那户人家发现了一本科学读物《算术》，就恳求那家送给他。那家的儿子提出要用一只活的小海象来换。当时不是捕海象的季节，上哪儿去弄小海象呢？求知心切的罗蒙诺索夫。用白干40年活的代价，从一个商人那儿换来了一只小海象。

他满怀喜悦把海象送给那户人家的儿子，那人却恶作剧地要罗蒙诺索夫再在坟场上睡一晚上。为了得到书，罗蒙诺索夫去了坟场。跟死人待在一起，他心里感到很害怕。为了不想那些可怕的死人，他望着天上的星星作起诗来。第二天，他终于如愿以偿地得到了向往已久的书。

罗蒙诺索夫渴望学到更多的知识。19岁那年，他向邻居借了3个卢布，步行20多天，来到莫斯科，进入斯拉夫—希腊—拉丁学院，和一群十二三岁的小同学坐在一个教室里上课。

这所学校有个规矩：按成绩排座次，成绩最好的坐第一排，最差的坐最后一排。罗蒙诺索夫一个拉丁文都不识，坐在了最后一排。小同学们趁机起哄他：大傻瓜来啦！他对这些毫不理会，每天用心听课，刻苦学习，成绩越来越好。他的座位不断向前移动，不久就坐上了第一排。他一年学完了3年的课程，第二年就跳入了四年级，成为全校闻名的优等生。

由于出色的学习成绩，罗蒙诺索夫被选中去德国学习采矿和冶金。他就学于有很高威望的物理化学家沃尔夫教授。教授经常教导他说："不要生活在别人的智慧里，即使对著名的学者，也不应盲目信任。"

他在德国学了5年。回来后，冲破重重阻力，前后奔走好些年，建立了俄国第一座化学实验室。从此，他在那里大显身手，研究了许多化学和物理知识，取得了丰硕的成果。

那时候，化学还没有统一的理论，对一些已知的化学现象有人用一些唯心的观点来解释。例如，对燃烧这个现象，有人认为可燃物中有一种叫做“燃素”的东西，它是一种特殊的发热的流动体，一会儿侵入物体内部同物体结合在一起，引起燃烧，一会儿飘浮在空中。燃烧时，燃素以光和热的形式放出去了，但燃烧物的重量会增加，这是因为燃素有负的质量。

然而，燃素到底是什么？谁也不知道。许多人用各种办法寻找燃素，可谁也没找到。

罗蒙诺索夫决心用实验揭开这个谜。他把金属屑倒进曲颈玻璃瓶，封好瓶口，称准重量，放到火上煅烧。金属屑烧成灰末后又冷却称重。结果发现每次燃烧前后玻璃瓶重量都没有变化。但如果打开瓶口，空气进入后，玻璃瓶的重量就会增加。罗蒙诺索夫断定：金属燃烧时变重是因为与空气（其实是氧）化合的结果，所谓的燃素根本不存在。又经过许多次观察和实验，他发现所有参加反应的物质总重量一定等于反应后生成物的总重量。据此，罗蒙诺索夫提出了物质和运动不灭的概念，有力地冲击了当时在化学上占统治地位的燃素学说。

勤奋的少年

> 会当凌绝顶，一览众山小。
>
> ——杜　甫《望岳》

唐高宗年间，长安城内有个元都观，观里有个很有学问的道士叫尹崇。尹崇有很多藏书，有一段时间，有个叫张遂的少年天天到观里来借阅藏书。那个少年看起书来，常常连饭都忘了吃。尹崇很喜欢这个勤奋、刻苦的少年，常对周围的人说："这孩子定会有大出息的。"

由于不间断的学习和思考，张遂在年轻时就对天文历法有了很深的造诣，在京城长安颇有名气。武则天做皇帝后，她的侄子武三思当了大官。武三思野心勃勃，企图独揽朝政，但又苦于自己不学无术。他听说张遂很有学问，就想拉拢他，想让他为自己观测天象预测吉凶。张遂十分讨厌武三思这种权贵，不想和这种人交往，就到河南嵩山的嵩阳寺，削去头发做了一名和尚，法名"一行"。

僻静的嵩山寺，一行不受干扰更加专心致志地研究天文学。天文学需要大量的数学知识，一行遍访学者，步行1000多千米，拜浙江天台山的一个和尚为师，学习数学。后来又辗转到湖北当阳的玉泉山，继续研究天文。

唐玄宗即位后，派人把一行请进京来，主持修订新历法。一行认为历法与老百姓的生产、生活有密切关系，就答应了。

为编新历法，一行做了大量的观测研究工作，带领一班人马在全国13个地方测量北极高度和春分、夏至、秋分、冬至那几天中午的日影长度，和天文仪器制造家梁令瓒一起设计制造了黄道游仪，测定太阳在宇宙中运动的轨道和其他星辰的运行情况，前后花了好些年才编出了新历法的草稿。而在新历法实施时，一行由于过度劳累去世了。

环境优越也勤奋

> 天下兴亡，匹夫有责。
>
> ——顾炎武

宋朝初年，我国有个博学多才的人，他精书法，善绘画，喜著书。他家有几万卷藏书，其中有几千卷是他手抄的！可他绝不是舞文弄墨的闲散书生，他就是古代知名的建筑学家李诫。

李诫出生在富贵家庭，他的上代都在朝廷做大官，门第显赫。优越的家庭生活并没有使李诫成为娇生惯养、不学无术的公子哥，优越的学习条件加上勤奋的学习态度使他成了一位远近闻名的大学者。

李诫曾在主管建筑工程的将作监任官职。在职期间，他看到有些主管建筑工程的官吏由于不懂建筑技术，对工程设计又缺乏必要的核算和检查，往往使营建工程不能保质保量地完成，而且浪费极大。他决心尽自己的努力尽可能消除这方面的弊端。因此，他平时十分注意学习工程技术和管理方面的知识，刻苦地研究。在主持兴建了许多大型建筑工程后，他积累了丰富的建筑经验和管理知识，对施工中整套的工艺技术了如指掌，成了一代大建筑家。

1097 年，李诫受朝廷旨意，编修《营造法式》。编修《营造法式》的目的是为了统一营造规范，建立标准设计，防止贪污浪费，保证建筑的质量。

李诫受命后，查阅了大量的有关建筑史料，以吸取前人的经验；请教了许多建筑工匠共同分析比较各种方法的优缺点；精心校正和找出了各种构件的尺寸比例。经过辛勤的努力，终于完成了《营造法式》的编修工作。《营造法式》共有 36 卷，内容极其丰富，是当时世界上木构建筑的最先进的典籍。现在它仍然是研究古代建筑技艺和规范制度的重要典籍。

宝剑锋从磨砺出

成功不是全垒打，而要靠每天的、经常的打击出密集安打。

——罗伯特

唐朝有个著名大诗人，名叫白居易（772～846），号乐天，太原人，出生在河南新郑县。

白居易的诗歌，光保留到现在的就有 2806 首。在我国文学史上，除了宋代的陆游，就数他的作品最多了。

他写的诗歌，读起来琅琅上口，通俗明白，连老太太和儿童都能听懂。又因为他敢于揭露统治阶级的罪恶，同情人民的疾苦，所以当时就流传很广。根据记载，那时不管是学校里、寺庙里、旅店里、客船上、驿站里、街头上，到处都抄着他的诗歌；不管是妇女、儿童、士兵、农夫、和尚、尼姑，人人都喜欢朗读，真是“诗歌已满行人路”。

他的诗歌，不仅在国内传播很广，而且还传到了国外。像当时的日本等国，有谁得到白居易的诗歌，简直就像得到宝贝似的。

那么，白居易的诗歌为什么写得这么好呀？主要的原因，是他能够深入实际，刻苦学习，又能虚心听取意见，有了成绩不骄傲。

据记载，白居易写诗，为了做到通俗易懂，常常去征求别人的意见。如果别人说“听不懂”，他就要继续修改，一直修改到连老太太都能听懂的地步。

在16岁那年，他到当时的京城长安去参加考试。在考试之前，他先把自己的作品拿去给一位前辈诗人看。这位前辈诗人名叫顾况，当时在诗坛上很有名气，为人又很幽默有趣。看到这位年轻诗人名叫白居易，就跟他开玩笑说：“居易呀居易，长安的柴米这么贵，居住下来恐怕很不容易吧？”一面说着，一面便打开了他的诗卷。诗卷的开头一首，便是《赋得古原草送别》。当读到“野火烧不尽，春风吹又生”这两句时，非常高兴地说：“哎呀，能写这么好的诗，居住在长安可就没问题啦。”顾况到处替白居易宣传，白居易的名声也就传开了。

我们看，白居易15岁时，就能写出那么好的诗来，可真是不容易啊！但是白居易并没有因此骄傲自满，而是越来越努力了。在他和他的一位朋友的通信中，比较集中地讲了他的读书和写作情况。他说：

“我从6岁的时候就开始学习作诗。9岁时学懂了写诗时怎样运用声韵。15岁的时候，知道的事情多了，更求上进，读书就更加刻苦了。20岁以后，白天认真钻研辞赋，晚上努力读书，又挤时间学习写诗，忙得连睡觉的时间都挤掉了。由于过度劳累，以至于满嘴生了口疮，手上和肘上磨起了老茧。”

白居易的生活经历为我们提供了很好的学习经验。

白居易5岁学习写诗，9岁通晓音韵，看来他从小就打下了良好的学习基础；15 岁时就能写出那么好的作品，说明他学习非常用功，因而很早就在创作上取得了成就；写了诗征求别人的意见，这又说明他很虚心，不骄傲；从他为我们留下的作品看，说明他一生都在努力地学习和写作。

不贪图捷径的人

复杂中带着简单的思考，是人和动物的分别。

——皮　雅

达·芬奇的童年是在家乡度过的，他从小勤奋好学，善于思考。他对绘画有特别的爱好，也喜欢玩弄黏土做一些稀奇古怪的玩意儿。他常常跑到小镇的街上去写生，邻居们都称赞他是“小画家”。有一天，达·芬奇在一块木板上画着一些蝙蝠、蝴蝶、蚱蜢之类的小动物，他的父亲看见了，觉得画得不错。为了培养他的兴趣，1466 年，父亲送他到佛罗伦萨著名艺术家佛洛基阿的画坊去学艺，那时，他正好 14 岁。

佛洛基阿是一位富有经验的画师，对学生要求十分严格，他教达·芬奇的第一课就是画鸡蛋。从此，达·芬奇根据老师的要求，每天拿着鸡蛋，一丝不苟地照着画。过了 2 年，达·芬奇有点不耐烦了。有一天，他实在忍不住了，便问道：“老师，为什么老是让我画鸡蛋呢?”佛洛基阿听了，耐心地对他说：“别以为画蛋很简单，很容易，要是这样想就错了。在 1000 只蛋当中，从来没有两只形状是完全相同的。即使是同一只蛋，只要变换一个角度，形状便立即不同了，比如，把头抬高一点，或者眼睛看低一点，这个蛋的轮廓也有差异。如果要在画纸上准确地把它表现出来，非要下一番苦功不可。多画蛋，就是训练眼睛去观察形象，训练随心所欲地表现事物，等到手眼一致，那么对任何形象都能应付自如了。绘画，基本功是最重要的，你不要浅尝辄止，要耐心地画下去啊!”达·芬奇点头称是，于是更加刻苦认真地画起来。

这生动的一课，不仅为达·芬奇的绘画艺术打下了基础，而且对他以后钻研多方面学问都很有启迪。达·芬奇在此整整苦学10年，不但在艺术方面得到了良好的学习和训练，而且还结识了一批艺术家和学者，阅读了很多书，在许多领域都打下了知识基础。

后来，达·芬奇在总结童年学画的经验时，他告诉下一代艺术爱好者们说："……你们天生爱画，所以我对你们说，你们若想学得物体形态的知识，须由细节入手。第一阶段尚未记牢，尚未练习纯熟，切勿进入第二阶段，否则就虚耗光阴，徒然延长了学习年限。切记，艺术靠勤奋，不要贪图捷径。"

终生写作的左拉

绝不测量山的高度——除非你已到达顶峰，那时你就会知道山有多低。

——哈马绍

在巴黎圣·维多大街35号的小阁楼里，一个青年用破毛毯裹住全身，在撑起的膝盖上摊开一本拍纸簿，一手持烛，一手奋笔疾书。这位青年就是法国19世纪的批判现实主义作家、法国自然主义文学的主要倡导者左拉。

左拉1840年4月2日出生于巴黎。7岁的时候，他的父亲就死了，家中时时受到贫困的威胁。幸好外祖母时时接济他们，使他们得以凑合着过活。1857年，外祖母病逝，他们的生活更加困难。他靠助学金上到中学毕业。19岁时，因大学会考连连失败，只得独自谋生。他不会任何技艺，备尝失业的辛酸。他常常只能靠在屋顶捕麻雀和捡拾富人家扔掉的鱼头鱼尾充饥。他贫穷，但不气馁，怀着当作家的理想，坚持进行创作。

1862年，他进阿晒特书局当店员。不久，老板读了他的诗篇，发现尚有才气，便擢升他为广告部主任。在任职期间，他发奋写作，开始陆续在报刊上发表作品，也得以结识文学界的著名人物。

后来，当局以他的作品对社会风气有害为名，要他停止写作，否则就砸烂他的饭碗。左拉不怕丢掉工作，不怕忍饥挨饿，不怕未婚妻离开他，毅然决然走自己的文学创作道路。

1871～1893 年，勤劳不息的左拉整整伏案写作了 22 年，终于写成了《卢贡·马卡尔家族》。全书共 20 部，长达 600 万字，出场人物多达 1000 余人。书的内容几乎涉及法兰西第二帝国社会生活的各个方面：政治、军事、宗教、商业、金融、科学、艺术、日常生活……其卷帙之浩繁，堪称继巴尔扎克的《人间喜剧》之后的又一部罕见的文学巨著。他取得这一成就后仍未停笔，1894 年后又陆续写出《三个城市》、《四福音书》（共 4 部，只完成 3 部）等长篇。

曾经的倒数第一

> 了解面对逆境，远比如何接受顺境重要得多。
>
> ——马丁·赛力格曼

苏步青 9 岁那年，父亲送他进县城第一小学当一年级的插班生。从山沟里来到县城，苏步青大开眼界，看到的、听到的样样都感到新鲜。他整天玩耍，把功课全丢到脑后了，期末考试苏步青竟得了倒数第一名。

第二年，苏步青转到水头镇求学。因为家庭贫穷，有的老师看不起他，甚至还故意刁难。有一次，他写了一篇作文，其中有两句佳句，整篇文章也写得很有特色。不料老师却怀疑他是抄来的，后来查清是他自己写的，仍给他的作文批了“差等”。这件事深深地伤害了苏步青的自尊心，他就用不听课、尽情玩耍来抗议。结果，这年他又得了倒数第一名。

新学年开始，一位叫陈玉峰的老师发现这小孩挺聪明，就是贪玩不用功，就找他谈话，并启发他“不好好念书，对得起你的父母吗”？苏步青听后，觉得惭愧，但心里并不服气。陈老师又循循善诱道："文章好坏，不是哪个老师决定的；个人的前途靠自己去争取。我看你的资质不差，又能吃苦，只要努力学习。一定会成为有用的人才……"

陈老师的话像鼓槌一样，敲着苏步青的心。他左思右想，决心不辜负老师的期望，做一个有所作为的人。

从此，苏步青发愤学习。为了看懂《东周列国志》，他步行了几十里山路，向别人借来《康熙字典》，遇到难字生字，他总要逐个查阅、弄懂。假日，他回家一边放牛，一边骑在牛背上背诵《唐诗三百首》。

这学年，他一跃成为全班第一名。在以后的求学期间，他每次考试成绩都是第一。

1914 年，苏步青以优异的成绩，考入中学。这时，他已经能滚瓜烂熟地背诵《左传》，由于他博览群书，在同学中获得了"文人"的称号。后来，他走上了数学的道路，成为我国著名的数学家。

没有文凭的历史学家

> 好的木材并不在顺境中生长；风越强，树越壮。
>
> ——马里欧特

我发虽变，我心不变；我齿虽堕，我心不堕。岂惟不变不堕，将反其心于发长齿生之时。人谓老过学时，我谓老正学时。今者七十，乃我用力之时也。……老而学成，如吴农获谷，必在立冬之后，虽欲先之而不能也。学虽易成，年不我假，敏以求之，不可少待。不然，行百里者，九十而日暮，悔何及矣！

中国历史文献研究会会长、华中师范大学历史系教授张舜徽，湖南沅江县人，1911 年 8 月 5 日生。他著作宏富，研究精深，对我国史学作出了卓越的贡献。然而，他竟是完全靠自学成家的，人们赞誉他是"没有文凭的历史学家”。

张舜徽19岁时读《资治通鉴》，7个月将294卷的大书读完，并写了简明的札记。后来，又用10年的功夫，读完了3259卷的《二十四史》，从《史记》到《隋书》，都用朱笔圈点。他一生自少至老，从未晏起过；日历上也未有星期天和节假日。他自学出身，经过长期奋斗，终于由一个中学教师，当上了大学教授。他以清初学者唐甄的《潜书·七十》中的一段话为座右铭：“我发虽变，我心不变；我齿虽堕，我心不堕。岂惟不变不堕，将反其心予发长齿产之时。人谓老过学时，我谓老正学时。今者七十，乃我用力之时也。……”老而学成，如吴农获谷，必在立冬之后，虽欲先之而不能也。学虽易成，年不我假，敏以求之，不可少待。不然，行百里者，九十而暮，悔何及矣！”他经常用这段话提醒自己，争取晚年在学术研究方面，努力为党为人民做些有益的工作。就是在那动乱的年代，他白天挨批斗，晚上争取时间写作。经过10年苦干，整理出一大批研究成果。其中《说文解字约注》，有200多万字，誊写清稿花了3年半时间，竟写秃了50多支大小毛笔。

读书的渴望

> 我们都随时处于正在学习的过程。
>
> ——穆罕默德

老舍先生9岁时还一字不识呢！不过，这也不能怨他，因为老舍1岁时父亲便去世了，他还有三个姐姐、一个哥哥，全靠体弱多病的母亲给别人家拆洗缝补维持生活。那时，他连饭都难吃上，更别说读书求学了！

聪明好学的老舍眼巴巴地看着富人家的孩子在书塾里学习，他多么羡慕呀！他想，自己什么时候也能读书学习啊。9岁那年，机会终于来了。一天，一位好心的大叔来看望老舍一家，他看到老舍既聪明伶俐又有强烈的学习欲望，便决定出钱供养老舍读书。童年的老舍从此欢天喜地地开始了读书生活。

小学毕业时，学校要每人交两张照片。老舍哪儿有钱去照相呢？母亲为了儿子的前途，狠狠心卖掉了家里仅有的一只破箱子，才算勉强照成了相。

这时，年少的老舍想：家里穷到这地步，还读书干啥？毕业后是当学徒还是沿街叫卖花生？他矛盾着，心里想了很多很多。可他又多么地舍不得放弃读书呀！

毕业后，他考上了全国极有名的一所中学，可惜那能供他读书的叔叔也穷了，他已无法上学了！但这时，一种强烈的读书欲望占据了他的心灵：再穷，也要读书！百般焦急之下，老舍灵机一动地去报考了师范学校。因为当时这种学校不用缴学费，而且吃住不要钱。这对于生活窘迫的他是多么求之不得呀！结果，老舍以优异的成绩考取了师范学校。

老舍非常珍惜这次求学机会，13 岁他就背上了行囊离家求学了。在学校里，别的同学吃喝玩乐的时候，身无分文的老舍却一个人在用功苦读，别的人嬉戏闲谈的时候，他却在钻研着书中的知识……因此，老舍的成绩十分优异，并且参加了当时有名的校际辩论会，而他总是十有九胜，成了学校了不起的学生。

译作等身的林纾

对一般人而言，凡事要思考并不是什么麻烦的事。

——詹姆士·布莱斯

近代翻译家、文学家林纾用文言翻译欧美 10 国文学作品 189 部，风靡一时，为外国文学输入中国之发端，对于维新变法和思想启蒙都有一定影响。

林纾，福建闽县南台人，生于清咸丰二年（1852 年）。名群玉，字徽，又字琴南，筑一室于龙潭浩然堂侧，额日“畏庐”，又称畏庐居士。因所居多枫树，取“枫落吴江冷”诗意自号“日冷江生”。

林纾为了有所作为，他以“读书则生，不则入棺”作铭语，并在其居室墙壁上画一棺材，以此来警告自己。

林纾少孤，家贫不能买书，则杂收断简零篇，用来磨拾。13～20岁后，他校阅不下2千余卷，迨30以后，与李畲曾太守为友，于是尽读其兄弟所藏书籍不下三四万卷。他曾从闽县薛则柯学习古文词，又随朱韦如学习举文，成年后，拜石巅山人陈又伯门下学画，师法清初四王。

由于刻苦读书，他博学多才，为他的文学事业奠定了扎实的基础。林纾作为不懂外文的翻译家，所译欧美文学作品数量之多、篇幅之浩瀚、语种之复杂、涉猎门类之广泛，是古往今来中外翻译界绝无仅有的。自光绪二十五年（1899年）《茶花女遗事》问世，迄民国13年（1924年）溘然长逝，译书凡189部，他的学生朱羲胄在他殁后，费时5载，搜集他所译作品，分门别类计得：伦理之属者8种，社会之属者21种，传记轶事23种，义侠2种，讽世2种，涉政治者5种，实业救国1种，探险8种，军事3种，笔记神怪21种，哀情9种，言情36种，侦探13种，滑稽3种，寓言2种，西剧2种，原稿存商务印书馆未刊者16种，散见于“小说世界”的有欧·亨利的作品14篇。

写在车厢上的公式

> 要能感觉存在，就需加强对美的感受力。
>
> ——詹姆士·雷德非

1926年的某天深夜，冯·卡门和他的学生弗兰克正在紧张地运算着，那是从曲线推导出数学方程。忽然，他们想起开往亚琛的电车只有最后一班了，便像从梦幻中惊醒一般，急匆匆朝伐尔斯车站赶去。

在人声嘈杂的车站里，冯·卡门还在思索他那组迷人的数学方程。也不知什么原因，拨动了他的灵感心弦，一种所谓紊流结构数学公式便在他脑海中奇迹般出现。他兴奋极了，再也无法控制自己的激情，便马不停蹄地在停留的电车车厢上写起来。就这样，一行行数学方程像潮水般涌现出来，使他忘却了周围的一切，也忘却了站在一旁的弗兰克。

售票员静静地站在旁边，十分无奈地凝望着他们。她不时看看表，实在不能再等下去，便大声催促弗兰克上车。然而，沉醉在快速演算中的冯·卡门无法停下来，一面发疯似地继续推导方程，一面打招呼："请再等一会儿!"时间分分秒秒地过去了。

售票员实在等不及，十分生气地喊："走吧，教授先生!"说完，她就跳上车。紧接着，电车启动了。弗兰克这才跳上车，与冯·卡门匆匆告别。

不过，辛苦的却是弗兰克。他每到一站，便迅速跳下车，将写在车厢上的公式抄下来。就这样，一站站跳下来，一站站抄录，一直抄到亚琛。

冯·卡门写在车厢上的公式，成为他题为"紊流的力学相似原理"的论文。如今，他当年发现的这一紊流对数定律，已经成为各种飞行器阻力的计算工具，在喷气式飞机、火箭设计上得到应用。多少年后，冯·卡门在他自己的《自传》中记录了这件有趣的故事。

每天工作十四个小时

啊！到达人生的尽头，才发现自己没活过。

——梭　罗

法国雕塑艺术大师罗丹出身于贫寒家庭，父亲是警察局的雇员。虽然他自幼酷爱绘画，但由于父亲的强烈反对，因此只能徘徊在美术学校的大门外。

罗丹后来的伟大成就，更多的是得益于他的勤奋好学。每天天不亮他就起床，先到一个业余画家的家里对着实物画几个小时的素描，接着又急忙赶去上学。晚上从学校回来，还要去博物馆。当时博物馆里有一个专画人体的学习班。他在那里要画上两个小时。除此之外，他还要抽空到图书馆、博物馆，观摩学习古代的雕塑作品。罗丹是在争分夺秒地学习和工作，他说："为了使我的工作不停顿，哪怕是一秒钟，我每天要工作 14 个小时。"

罗丹 14 岁那年，一个偶然的机会，他进入了巴黎图画数学学校。在那里，他遇到一位爱才如命的老师——勒考克。勒考克发现罗丹是一株才华初露的幼苗，立刻以极大的热情和严格的态度来精心培植他。

有一次，罗丹因家庭经济困难无力购买颜料，十分难过，一气之下，决定撕掉自己所作的画，永远与艺术告别。勒考克闻讯火速赶来，声色俱厉地对罗丹说："只有我才能决定如何处理你的这些画！我要把这些画保存起来。"

不久，他把罗丹送进雕塑室去深造。后来，罗丹在别人劝告下报考巴黎官方的美术专科学校，但一连三次都名落孙山。

罗丹绝望了。他悲伤地认为，作为雕塑家，自己的生命已经结束了。这时，勒考克先生又向他伸出了热情的双手，耐心地开导他说："未被录取，这是你可能遇到的最好的事情。要知道，美术学校已经变成了一所古典主义的学校，那里塑造出来的东西千篇一律，毫无感情，非常单调，全是骗人的东西。"

在老师的鼓励下，罗丹重新树立起不断进取的信心和勇气，终于成为继米开朗琪罗之后最有影响的雕塑家。

从木工到大师

人类心灵深处，有许多沉睡的力量；唤醒这些人们从未梦想过的力量，巧妙运用，便能彻底改变一生。

——澳瑞森·梅伦

诞生于湖南湘潭农村的齐白石，幼年家境贫寒，仅仅读了不到一年的私塾便失去了学业，齐白石自幼就因先天性的营养不足而体弱多病，而对于仅有一亩水田来维持生存的全家五口人来说，其艰难可以想见。

齐白石7岁时，已能将祖父教的300多个字背得滚瓜烂熟，牢记于心。祖父认为再也无力教授孙子时，开始长吁短叹：为家庭的贫困不能供养孙子读书，为孙子过人的天分被耽误。好在天无绝人之路，齐白石的外祖父在枫林亭附近的王爷殿设了一所蒙馆。这样，齐白石虽无力教学费，因为是亲外孙，也得以在外祖父的蒙馆寄学。

聪明的齐白石勤奋好学之余，开始在描红纸上涂鸦起来，没想到他画的东西竟与实物十分相像。不久，他的画在同学中已经小有名气而流传开了。正在齐白石沉浸在读书、绘画的乐趣中的时候，学校放秋忙假了，不巧的是齐白石又生了场病，加上天公不作美，田里歉收，对于已经添丁加口的齐家，无异于雪上加霜。青黄不接的时候，连饭也没得吃了。齐白石的母亲别无他法，哽咽地对他说："年头儿这么紧，糊住嘴巴再说吧！"懂事的齐白石只好无奈地中断了读了不到一年的蒙学。

辍学后的齐白石，平时挑水、种菜、扫地、打柴、放牛等做一些力所能及的家务事，空闲时间，他就读从外祖父那里借来的《论语》，家里能找到的纸片，都被充分利用起来，画满了自己喜欢的画。

齐白石16岁时，家里人考虑他身体单薄，重活也干不了，便想让他学一门轻松一点的手艺，加上齐白石自己喜欢画画，经人介绍，他便到当地一个叫周之美的名雕花匠那儿学习雕花技艺。这使他对雕刻产生了极大的兴趣，为了节约钱买笔墨纸砚，他吃最简单的饭食，穿单薄的衣服。20岁的那年，他在做活的时候意外地发现了一套康熙年间刻印的《芥子园画谱》，他如饥似渴地用半年时间全部临摹下来，并且反复临摹，积累了上千张手稿。

1889年，齐白石在做活的时候，认识了颇有才学的私塾先生胡自倬和陈少蕃先生。

从此，他走上了专门的读书绘画的生活，几年下来，齐白石的画像技艺有了很大提高，并在传统绘画的基础之上创造了一些新技法，创作了不少富有诗情画意的作品，30多岁时，齐白石才开始苦练治印；他拜黎松安、黎铁安为师，把一枚枚印章刻了又磨掉，磨掉了又刻，学得非常辛苦，半年下来，他便掌握了汉印的基础。

齐白石虽然从未中断过画画，但对于这么精美的仕女画、花卉、走兽图案画，还从未见过和描习过，所以兴致特别高，学得也特别用心，周师傅特别喜爱这个聪明好学的徒弟，没有儿子的他，把齐白石当成亲生儿子看待，常对人夸他那有出息的好徒弟。不久，由于周师傅的好心提携，齐白石在白石铺渐渐也有了名气。1902 年，年近 40 岁的齐白石游历了大江南北，每到一处，他都要游历当地的名山大川，了解当地的风土人情，积累了为数众多的速写作品，同时结识、拜访了许多有真才实学的画界名人，鉴赏、临摹了许多秘籍、名画、书法、碑拓等艺术品。这样大大开阔了他的胸怀，提高了他的审美能力和鉴赏能力。

1909 年暮秋，齐白石回到故乡，购置了“寄萍堂”并在此居住，这一住就是 10 年的这期间，齐白石每天除坚持作画外，就是用功苦读诗词，闭门自修。通过这 10 年的刻苦磨砺，基本上形成了齐白石朴实、自然的创作风格。

1919 年初春，齐白石已经 56 岁了，他决计北上，定居北京。初到北京后，齐白石的画并不能卖出，仅靠治印维生。生活极为贫困。但他不断地从黄宾虹等人的画中吸取营养，后来便来了个衰年变法，创造了中国画工笔草虫和写意花卉相结合的特殊风格，后在陈师曾的提携下，名声大振。并于 1927 年初春，被国立北平艺术专科学校校长林风眠聘请为教授。他把自己几十年的绘画创作经验毫无保留地传授给学生，著名画家王雪涛、李苦禅、李可染等，都成了他得意门生。在 10 多年中他居然创作出了万幅以上的作品。

80 岁前后，齐白石的治印的篆法、章法、刀法都表现出了鲜明的特色，被誉为“印坛泰斗”。

其画作造型简括、神态生动、笔力雄健、墨色强烈，书与印苍劲豪迈、刀笔泼辣、神奇趣逸。他将画、印、诗、书熔为一炉，使中国传统艺术水平升到新的高度。

1937 年，日军侵占北平，北平沦陷之后，齐白石愤然辞去了北平艺术学院教授的职务，从此紧闭大门，充分表现了这位艺术老人的民族气节。1939 年，为拒绝日伪大小头目纠缠索画，他在大门上贴一纸条：“白石老人心病复作，停止见客”，“画不卖与官家，窃恐不祥”，“绝止减画价，绝止吃饭馆，绝止照相”，“与外人翻译者，恕不酬谢”。及至1944年，他决意停止卖画，并以“寿高不死羞为贼，不愧长安作饿饕”的诗句，表示宁可挨饿，也不取媚于恶人丑类。直到1945年日本投降，他才公开露面，1946年初恢复了他的卖画生涯。1957年9月16日，齐白石大师走完了他将近一个世纪的生命历程。

爱学习的书生

将爱的能量传送给别人，我们自己就会变成一条管道，吸纳来自上天的神圣能源。而那种玄秘体验是我们每个人都得以品尝的！

——詹姆士·雷德非

1770年8月27日，德国古典哲学的集大成者，最著名的唯心主义哲学家黑格尔出生于德国南部斯图加特城的一个绅士家庭，父亲是税务局的书记官。黑格尔在斯图加特市立文科中学读书时，是一个循规蹈矩、安分守己而且枯燥无味的学生。1788～1793年，黑格尔进图宾根神学院学习，开始，他既不满意神学院的那种修道院式的严格规定，对骑马、击剑等也不感兴趣，他把时间都用在书本上，同学们都叫他“老头儿”。但是1789年爆发的法国资产阶级大革命，却使黑格尔大为振奋，政治简直使他着了迷。图宾根也出现了政治俱乐部，黑格尔和朋友谢林常参加俱乐部的活动，欢呼法国革命是“一次壮丽的日出”，“一个光辉灿烂的黎明”。据说他们还种了一棵“自由之树”。在黑格尔当时的笔记本中写了这样一些口号；“反对暴君！”，“自由万岁！”，“卢梭万岁！”向往资产阶级的自由和博爱，神学院毕业后，黑格尔在贵族资产阶级家庭当了6年家庭教师。在这个时期，他对于法国的雅各宾专政和劳动人民的行动感到憎恶和畏惧，他咒骂人民“只是一群无定形的东西，因此他们的行为完全是自发的无理性的，野蛮的，恐怖的。”

黑格尔是德国资产阶级的思想代表。18 世纪末 19 世纪初的德国资产阶级，是一个具有典型两面性的阶级；它一方面对占统治地位的封建专制制度和封建割据不满，向往革命，在政治上和经济上有一定程度的进步要求，另一方面，它又不敢采取实际的革命行动，害怕和憎恶人民群众。它对革命的向往和要求只表现在思想上，在“抽象的思维活动中”；而在实际活动中则宁愿同旧社会戴王冠的人物妥协，反对革命，要求改良。黑格尔的政治思想正是这样，他否定君主专制，却要求君主立宪。这种思想反映在哲学中，就使黑格尔的哲学既具有革命的一面，又具有保守的一面。

1801 年 8 月，黑格尔获准在耶拿大学当讲师，开始从事“科学之科学”——哲学的研究和讲授。1805 年当了教授，1807 年，他的第一部名著《精神现象学》出版，黑格尔第一次系统阐述自己独立的哲学观点。黑格尔自己说这部书只是一种“探险旅行”，实际上这部书已建立起黑格尔哲学体系的基本轮廓，马克思把它称为“黑格尔哲学的真正诞生地和秘密”。1807 年 3 月，黑格尔告别耶拿大学，到班堡的一家报社当编辑，离开耶拿的原因是教授的年俸维持不了生计，而《班堡报》的老板却答应以报纸赢利的一半作为报酬聘请他。在班堡的 21 个月中，黑格尔天天接触到政治，使他那种“顺着当局”的个性有所发展。1808～1816 年，他在纽伦堡当中学校长，讲授哲学、宗教、文学、希腊文、拉丁文以及高等数学。在这期间，他写了《逻辑学》（即《大逻辑》）一书，并在 40 岁那年结了婚。1816～1817 年，黑格尔任海德堡大学教授，政治上日益保守，主张德国采行世袭的君主制。1817 年，黑格尔出版了《哲学全书》，分为《逻辑学》（通称《小逻辑》）、《自然哲学》和《精神哲学》3 部分，全面、系统地叙述了他的哲学体系。一年后，普鲁士政府重金聘黑格尔为柏林大学哲学教授，它认为黑格尔哲学是可以用来阻遏知识分子和青年学生中的激进倾向和革命倾向的。1821 年，黑格尔出版《法哲学原理》，此书表明他的社会政治观点在这个时期已发展到非常保守的地步，成为普鲁士王国的王家哲学家。

黑格尔是德国历史上最著名的唯心主义哲学大师，他建立了一整套客观唯心主义的哲学体系。他把思维看作是客观独立的实体，称之为“绝对精神”，而把自然界看作是“绝对精神”的化身，把社会看作是“绝对精神”的体现，把科学、艺术、宗教、哲学看作“绝对精神”发展过程中的各个阶段。黑格尔认为，他的哲学就是“绝对精神”最高的自我表现形式，是全部哲学发展的顶峰，而普鲁士王国则是体现了“绝对精神”的最好的国家制度。黑格尔的哲学体系反映德国大资产阶级同封建阶级妥协的保守性。

但是，黑格尔哲学的最重要成果是他的具有革命性的方法论——辩证法，这是黑格尔哲学的“基本内核”，它的主要内容可以概括如下：

一、关于内在联系和矛盾发展的思想。黑格尔第一次把整个自然的、历史的和精神的世界描写为一个过程，即把它描写为处在不断的运动、变化的发展中，并企图揭示这种运动和发展的内在联系。简言之，黑格尔明确主张，世界上的一切，都是“对立面的统一”，对立面既是相互联系、相互依存，又是相互排斥、相互矛盾的，宇宙间的万事万物就是由于这种内在矛盾而不断变化、发展的，例如生命现象本身就包含着生和死的矛盾。二、关于从量变转化为质变的思想。三、关于认识是由简单到复杂，由贫乏到丰富，由片面到全面的辩证过程的思想。四、关于思维的主观能动作用即观念的东西可以转化为实在的东西的思想等。

恩格斯总结说：“和18世纪的法国哲学一起并继它之后，近代德国哲学产生了，而且在黑格尔身上达到了顶峰。它的最大的功绩，就是恢复了辩证法这一最高的思维形式。”

当然黑格尔的辩证法是唯心主义的，他把一切都只看成是“绝对精神”的自身在辩证地发展，马克思和恩格斯曾说：“在他那里，辩证法是倒立着的”。黑格尔出于“体系的内部需要”，把辩证法一些最重要的原则歪曲了，使本来是“彻底革命的思维方法竟产生了极其温和的政治结论。”

虽然如此，列宁认为辩证法是黑格尔“绝对唯心主义粪堆中”的“珍珠”，恩格斯则要我们不是无谓地停留在黑格尔哲学的唯心主义体系这一大厦的脚手架前，而是深入到他的哲学大厦里边去，在那里发现珍宝。马列主义经典作家在批判地吸收黑格尔辩证法时给予黑格尔哲学以很高的评价。1830年，黑格尔任柏林大学校长，位势鼎盛。1831年11月14日，黑格尔猝然死于霍乱。黑格尔死后不久，他的著作18卷集出版，其中包括《讲演录》。

尽量扩大自己的视野

凡是内心能够想到、相信的，都是可以达到的。

——那波黑尔

格拉索是美国当代物理学家，他由于和美国物理学家温伯格、巴基斯坦物理学家萨拉姆3人在弱电统一理论上的贡献，共同获得了1979年度的诺贝尔物理学奖金。

格拉索在少年时期曾就读于美国纽约市布朗克斯高级理科中学。这是一所人才辈出的学校。据说，这所学校对学生的挑选非常严格，有时几乎到了苛刻的地步。格拉索早在中学的时候，就开始自学大学的微积分课程，量子力学虽然是大学高年级的课程，他也买来几本教科书，在课余时间里读了起来，并冥思苦想去弄懂这门高深的学问。班里组织了“科幻俱乐部”，格拉索就是俱乐部中的成员。热爱科学、兴趣广泛、思维活跃的少年们，经常聚集在一起，海阔天空地谈论科学。在这种自由自在、天真活泼的气氛中，格拉索的知识得到了迅速的扩展，思想得到了锻炼，创造力也得到了开发。

格拉索中学毕业后，进入美国著名的康奈尔大学学习。他为了进一步开阔知识视野，除了学好物理外，还选修音乐、东亚历史、法文、文学和电焊工等科目。

格拉索获得诺贝尔奖金之后，曾有一个记者不解地问他：“你说看小说，逛公园也有好处，可这对你的规范场研究有什么关系呢？”

格拉索回答说：“对世界或人类运动中的事物形象掌握得越多，越有助于抽象思维。……假如你从未看过大象，你能凭空想象得出这样奇形怪状的东西吗？”

他还说：“往往许多物理问题的解答并不在物理范围之内，涉猎多方面的学问可以提供开阔的思路。”

我愿终身是学生

烦恼使我受着极大的影响……我一年多没有收到月俸，我和穷困挣扎；我在我的忧患中十分孤独，而且我的忧患是多么多，比艺术让我操心得更厉害！

——米开朗基罗

1888年8月的一个夜晚，俄国喀山附近乡下的一间店铺突然着了火，火舌无情地吞噬着一切可以燃烧的东西。在这万分危急的时刻，一个20岁左右的青年，身上冒着烟，手里却紧紧抱着一只装满书的箱子，一纵身从窗口跳了下去。这个爱书如命的青年，就是后来举世闻名的无产阶级革命文豪——高尔基。

高尔基诞生在俄国伏尔加河畔的一个木工家庭里，3岁丧父。他只上过两年小学，仅仅10岁就踏上了“人间”的征途。他为了生活，在社会上干过各种工作，在鞋店和绘图师家里当过学徒，还当过面包坊和杂货店的伙计，他到处流浪，但总是抓住每一分钟空闲时间读书。

高尔基在绘图师家当学徒时，主人们规定，看书要受到惩罚，书也要没收毁掉。但高尔基已养成了读书的习惯，一到晚上，他就偷偷地爬起来，从藏书的炉下空隙中拿出书，就着月光读得津津有味。有时看不清楚，他就用一只铜锅的反光读书。一次，高尔基爬到神龛底下，借着长明灯的光读书，不料看得倦了，趴在凳子上睡着了，被主人发现，挨了一顿毒打。他曾说过：“假如有人向我建议：‘你去学习吧！不过，为了你去学习，每到星期天，我们要在尼古拉耶夫广场用棍棒打你一顿！’就是这种条件，我一定会接受的。”

由于高尔基孜孜不倦地追求着知识，他后来成了一个见多识广的和对俄国文学史及世界文化具有渊博知识的百科全书式的思想家、一个举世闻名的革命文豪。他创作了表达时代精神、歌颂革命理想、洋溢革命激情的战斗诗篇《海燕》，在当时起过巨大的宣传鼓动作用。他 35 岁以前，就创作了 50 多篇短篇小说和一些中篇小说、长篇小说以及剧本。

勤奋创造财富

真正的艺术家从来不会去想到完美，而他的动作是如此的全然，而完美就是来自于它。

——奥斯黑

瑞希·巴特，1985 年出生在美国一个印度裔 IT 业工程师家庭。在父亲的耐心教育和精心指点下，瑞希·巴特从小就对电脑、软件、互联网产生了浓厚兴趣。他 6 岁的时候就开始鼓捣电脑软件程序设计，迈出了编写电脑软件程序的第一步。后来，经过不断地学习，他掌握的电脑知识越来越多了。

受好胜心的驱使，瑞希·巴特专心致志地埋头于互联网个人隐私保护软件的编写中，发誓要最大限度地解决互联网安全保密性能不堪一击的重大隐患，为每一位网民的个人隐私提供安全“防火墙”。经过一个多月时间的辛勤编写，他精心创造出保护网民个人隐私信息不会被所登陆访问的网站不劳而获、随意窃取的“隐身冲浪软件”，从而开创出“互联网个性化”的新时代。

产品问世后，该如何使自己精心编写的“互联网个人隐私保护软件”早日变成众多网上冲浪高手的“隐身衣”呢？

一个新难题摆在瑞希·巴特面前，他认为只有尽快创建个人网站，才能公开推销自己的电脑软件。于是，瑞希·巴特在父亲的全力支持下，创办了专门经营互联网保密软件的“围城软件网”。这一网站亮相后，迅速赢得了网民的垂青，他们不惜巨资购买其下载使用权。仅几个月时间，瑞希·巴特的“围城软件网站”就先后有100多名网民先后登陆，使瑞希·巴特不费吹灰之力，就赚得了5000美元。

后来，他的网站被加拿大一家大型探矿集团公司收购了，他摇身一变成为享誉美国和加拿大两国IT业界的“百万富童”。

只要不死天天练

没有人爬山只为爬到山腰。为何甘于平庸呢？

——詹姆士·哈特

在卓越的表演艺术家盖叫天的居室里，曾挂有这样一块横匾，上面是著名书画家黄宾虹先生手书的3个大字：“学到老”。提起它，还有一段故事呢。

那是他13岁时的一天，他害了一场大病，迫于生计，还没完全复原，就得赶去演《花蝴蝶》，戏里要翻3张台子。他白天去寺庙回来，看见路边一个小亭挂着“学到老”3字的横匾，就细细揣摩，暗暗许愿：“要是今晚不摔死，能太太平平下得台来，今后我一定天天练功学习，一天不断，一直学到老。”日后，他牢记着这句话，并悬挂家中以督促自己。

盖叫天之所以能在表演艺术上有所成就，卓然成家，创造了光辉的业绩，确实是与他勤学苦练分不开的。在他的艺术生涯中，他经历了许多人难以相比的艰辛和苦斗。为了表演艺术，他忠心耿耿、鞠躬尽瘁、锲而不舍、精益求精。1934年他47岁时在上海演《狮子楼》，折断了右腿，他坚持用左脚独立直到大幕闭上。谁知诊治时庸医将腿骨接错形成畸形，为了保持艺术生命，他又将腿骨击断重接，在戏剧史上留下佳话。

他幼功深厚，学武生，也学老生，见多识广。中年以后，他又深入钻研武生戏的人物形象创造。着力在武戏文唱上下功夫。他夏练三伏，冬练三九，至老不辍。而且他不是死练功，而是时时在思索、在学习，博采众家之长。因此，他年纪越大艺术越成熟，终于在武生流派中形成了他独有的现实主义艺术风格，被誉为“快起来如燕掠波，舒缓之处像春风拂柳；动起来像珠走玉盘，戛然静止就像奇峰迎面。”

1957年春，周总理陪外宾到杭州。上午盖叫天去宾馆看望总理，下午，周总理撑着雨伞步行到盖叫天家中回访，称赞了他“勤学苦练，几十年如一日，活到老，学到老”的精神。

终有达到目的的一天

世界进步的历史是由那些不愿向失败者俯首称臣的人写下来的。

——西　祖

著名杂文家、散文家、鲁迅研究专家唐弢说：“无论读书做事，都要磨砺以须，不急于求成，经过一段时间的埋头苦干，终有达到目的的一天。”

唐弢同志，1913年3月3日出生在浙江镇海县一个农民家庭，几代都不识字。由于家贫，他只读到初中二年级。13岁时到了上海一个远房姑父家，在那里他系统搜读《南社丛刊》和《国粹丛书》。《国粹丛书》印的多数是宋、明两朝遗民的著作，有的是文集，有的是史乘。那时他开始注意历史——尤其是明史。后来先后住在和亲戚有关的3家店铺，与店员和学徒同住在店铺后面的阁楼或者堆栈里。白天去上学读书，晚上回来也不怕店员和学徒的干扰，依然埋头读书。学校是英国人办的，名叫“培玉”学校，聘请名儒为师。别的同学每篇文章五六百字，他有时写到三四千字。他勤学苦练，文学功底日渐深厚。

唐弢16岁时，考入上海邮局当了邮务佐（拣信生）。邮局附近有一个全国闻名的东方图书馆，他一有空就钻进图书馆吸吮知识养料。

唐弢同志从20岁起，在鲁迅先生的影响下，开始从事散文和杂文的写作。50多年来，正因他锲而不舍、持之以恒，才得以出版了《投影集》、《落帆集》、《晦庵书话》、《海山论》和《莫斯科抒情及其他》等著作。

1983年，唐弢同志在《投影集》序言中写道："我并没有放松从各方面试验对风格的追求"，"一个作者的最大敌人，正是他自己铸成的模型，他必须时时努力，从已定的模型里跳出来。为了解脱这灵魂的羁绊，我至今还在挣扎。"这挣扎是没有完的，持之以恒的。"

勤奋一生的刘伯承

有两种东西，我们对它们的思考愈是深沉和持久，它们所唤起的那种愈来愈大的惊奇和敬畏就会充溢我们的心灵，这就是繁星密布的苍穹和我心中的道德律。

——康　德

杰出的革命家、军事家、政治家刘伯承戎马生涯70余载，在硝烟中度过了40个春秋。

刘伯承，幼名明昭，1892年生，四川开县人。1926年5月30日由杨闇公、吴玉章介绍，加入中国共产党。长征途中，他先后指挥了强渡乌江、智取遵义、巧渡金沙江、强渡大渡河等战役，战功卓著。解放战争时期，他与邓小平一起率领12万大军南渡黄河，挺进中原，揭开了战略反攻的序幕。后在淮海、渡江、解放西南等重大战役中表现出卓越的军事才能。1955年被授予元帅军衔。

刘伯承年轻时，在国内一直学习英文，35岁那年，党派他去苏联学习军事，当时他连一个俄文字母也不认识，硬是靠用功和细心地研究语法规律，把俄文学通了。后来，他的视力虽然不好，但他的记忆十分准确。他青少年时期读过的《古文观止》，几乎是篇篇能背。

刘伯承曾说过："廉隅的品行，要靠平时俭朴的生活养成。"所以建国以后，他始终保持着俭朴的生活，在工作上廉洁奉公，在政治上无私无畏。他的棉鞋穿了好多年，补了好几次还在穿。他身上的毛衣破了，他的夫人给他买了件新毛衣，可他说："穿着干净整齐就行了。我的毛衣补补还可以穿嘛，不要买新的。"

他工作很忙，但非常关心每个孩子。他把他年轻时用于自勉的话写在一张书签上给了儿子刘蒙。书签上写着："人一能之，己十之，人十能之，己百之。"一个人可以用勤奋来弥补自己的不足，这就是"勤能补拙"的道理。刘伯承就是这样用自己的高贵品质去影响和教育下一代的。

勤学苦练见奇功

> 一个客观的艺术不只是用来看的，而是活生生的。但是你必须知道如何去靠近它，因此你必须要做到静心。
>
> ——奥斯克

晋朝时期，我国出了一位大书法艺术家。他的名字叫王羲之，字逸少。因为做过右军将军会稽内史这样的官，人们又称他王右军。

王羲之的字写得非常好，被历代书法家、鉴赏家看作最高楷模，称王羲之为"书圣"。他的字迹是我国一份最珍贵的文化遗产。他那字，笔势流畅，气势矫健，正如《晋书·王羲之传》上赞许的那样："飘若游云，矫若惊龙"。意思是说，流利的笔画就像天空流动的彩云那样轻松，那矫健的笔法就像飞动的蛟龙那样有力。

王羲之的书法艺术为什么能够达到那样高的成就呢？这并不是他有什么特殊的天才，而是勤学苦练的结果。

王羲之年轻的时候，看见过东汉时代张芝的书迹。张芝的草字写得很好，被人们称为"草圣"，并且当时还流传着张芝许多苦练书法的动人传说。

东汉时代，纸张还没有在社会上广泛应用。练习写字，只有用绢帛之类的丝织品。张芝家里做衣服用的绢帛，总是先被张芝用来在上面练字，写得实在没法再写了，然后再染上色做衣服。张芝就着一个池塘的水练书法，磨墨蘸笔；写完字，又在池塘里涮笔洗砚。这样，久而久之，那池塘的水也变成了黑色。

王羲之看了张芝的字，听了张芝的这些传说，非常感动。他决心向张芝学习，努力赶上张芝。在他给自己的朋友写的一封信里，就曾这样说：

张芝临池学书，池水尽黑，使人耽之若是，未必后之也。

这意思是说：张芝借着池塘的水练习书法，连池塘里的水都变黑了。这说明他下了多少苦功夫啊！如果人们酷爱书法爱到这么深的地步，是不一定赶不上张芝的。

王羲之的这段话说得何等好啊！他既看到了前人的长处，又不盲目崇拜前人，而是决心赶上和超过前人。

王羲之老老实实，不打折扣地实践了自己的诺言，并且确实达到了学习前人、超过前人的地步。因此，关于王羲之练习书法的传说也就多起来了。

例如：在江西省的临川城东面，有一座新城山，山上有一个长方形的池子，人们传说，那就是王羲之练习书法时用过的墨池。

又如：在浙江省永嘉县的积谷山上，也有一个池子，人们传说，那也是王羲之练习书法的地方。宋代的书法家米芾，根据人们的传说，在池塘旁边，题刻了“墨池”二字。

还有，在江西省庐山的归宗寺里，也有一个池子，传说那也是王羲之的洗墨池。

以上这些传说，不一定都是真的，但这表明，古人是极为赞赏王羲之这种勤学苦练的精神。北宋的大散文家曾巩，就很赞许王羲之的这种勤学苦练的精神，并写了一篇《墨池记》表示自己的看法。其中说：

王羲之的书法艺术，到了晚年才达到了登峰造极的境界。这样看来，他擅长书法，就是靠了坚韧不拔的精神才获得成功的，并不是他生来就有这种书法艺术的天才呀！可是，后代的人没有几个可以达到王羲之的水平的。这难道不足以说明，后人勤学苦练的功夫赶不上王羲之吗？看来，勤学苦练的精神肯定是不能缺少的。

挺起不屈的脊梁

尧之"宫殿"

爱不能单独存在，它的本身并无意义。爱必须付诸行动，行动才能使爱发挥功能。

——德蕾莎

看看下面这个美国人的"败迹"，你就会理解"人生不如意事十常八九"的含义：

8 岁时，被赶出居住的地方，他必须工作谋生；

21 岁时，经商失败；

22 岁时，角逐州议员落选；

27 岁时，精神崩溃，卧床 6 个月；

35 岁时，参加国会大选失败；

36 岁时，角逐联邦众议员，再度失败；

40 岁时，寻求众议员连任，失败；

41 岁时，想担任州土地局长被拒绝；

46 岁时，竞选国会参议员，失败；

这张"失败"的履历表上的"失败者"就是亚伯拉罕·林肯。生下来就一贫如洗的他，终其一生都在面对挫折，2 次经商均告失败，8 次竞选 8 次落选，甚至还曾精神崩溃。

不过，一次次的失败并没有把他打倒，尽管好多次他本可以放弃。可他不但没有放弃，反而勇敢地接受命运的屡屡挑战。正因如此，他在52岁时终于成功地当选为美国第十六任总统，并做出了惊天动地的丰功伟业。

没有一个人的成功是一蹴而就的，没有谁可以一步登天。恰恰相反，所有的成功都是经历了一连串的失败之后才获得的。

尽最大的努力

只要你想象得到，你就能做到；只要你能梦见，你就能实现。

——威廉·雅瑟

公元前349年的一天，雅典的公民大会正在紧张地进行着。一个身穿紫袍、商人模样的人正在比手画脚地向公民们发表演讲，这个极力主张希腊各邦联合起来，共同反对腓力二世扩张的青年演说家就是德摩斯梯尼。

德摩斯梯尼出身于一个比较富裕的雅典公民家庭。他关心国家大事，他要成为一名政治家。而要当政治家，就要具备演说才能。而对于这，他是缺乏天资的。他天生口吃，声音微弱，说话时还有爱耸肩膀的习惯。为了克服这些缺点，他尽了极大的努力。为了纠正口吃，他把小石子含在嘴里，迎着风浪说话；为了使声音洪亮，他常在海滩上，迎着狂风怒涛放声朗诵，力图用自己的声音压倒风浪的响声；为了克服爱耸肩膀的毛病，他在头顶上悬挂一柄剑或一把铁杈，迫使自己不得耸动肩膀；为了提高自己的文学修养，他认真研究了希腊的诗歌、神话，研究了一些名人的著作。据说，仅修昔底德的《伯罗奔尼撒战争》，他就抄写过8遍。他特别注意学习当时蜚声讲坛的演说大师柏拉图的演说方法。最后，他终于成了一位著名的政治演说家。

德摩斯梯尼30岁开始参加政治活动，当他登上政坛之时，雅典等希腊城邦发生了危机。与此同时，北方的马其顿在国王腓力二世的治理下却迅速崛起，对雅典城邦造成了严重的威胁。为了反对腓力二世的扩张，他多次登上雅典公民大会的讲坛，运用了全部的演说才能，揭露腓力二世的侵略行径，批评雅典人的怯懦，激起公民们的爱国热情。

据说，他的著名的反对腓力二世的演说连腓力二世本人读了后都赞叹不已地说："如果我自己听德摩斯梯尼的演说，我自己也会投票赞成选举他当我们反对者的领袖的。"

从小商人到银行家

> 要使一件工作获得最大的成就，尊重自己的情绪是很重要的。
>
> ——米　勒

贾尼尼1870年生于美国加利福尼亚州圣罗莎。贾尼尼并没有上多少学，12岁时，就跟着继父做中间商了。

贾尼尼经商不落俗套，常常显出自己独特的商业头脑。17岁那年，一天，他向继父斯卡蒂纳建议："爸爸，最近市场上不是柳橙和葡萄柚的行情看好吗，我们去圣安娜进货怎么样？"

斯卡蒂纳当然知道旧金山市民近来对柳橙和葡萄柚的偏好，但这两种水果旧金山附近就出产，何必舍近求远呢？所以他问："阿马迪，圣安娜远在洛杉矶的南面，离旧金山1000多里地呢，即使用4匹马拉的运货车，至少也要走2天2夜，你怎么想到那儿去啦？"

"爸爸，正因为圣安娜在千里之外的南方，柳橙和葡萄柚才长得又大又好吃呢。运到旧金山后一定能卖高价钱，扣除运费我们还大有赚头的。"

"这倒不错，人家想不到的咱想到了，人家做不到的咱来做。阿马迪，真要赚了大钱，让爸爸给你买块金表！"贾尼尼精明的母亲维吉妮娅在父子对话中插了一言。况且，家中大小事由她说了算，她给父子俩拍了板。不久，贾尼尼手腕上多了1块金光闪闪的表。

转眼又是10年。贾尼尼与克罗琳达已结婚生子，两人的长子马利奥已经8岁了，次子巴基尔4岁，又有了女儿克蕾娅。1902年，岳父的去世改变了贾尼尼的命运。

凭借岳父的股份和生前威望，贾尼尼进入哥伦布储蓄暨贷款银行的董事会并任常务董事。

贾尼尼心地善良，体恤下层，很快赢得了部属的爱戴和尊敬。但是，他与银行的主要创建人、董事长夫坎西却是矛盾重重，相争不下。

两人相争的焦点在贷款的对象上。夫坎西沿用银行老规矩，把客户局限在大商人、大农场主、牧场主和建筑公司等大额存贷上。对贾尼尼贷款给农民的建议，根本不理会。

贾尼尼向夫坎西力争："农民贷了款维持和发展生产，收成之后再还贷，为什么不可以？我认为是可行的。银行不贷，那些'贷款鲨'就用高利息无情地吸他们的血。我们应当修改银行的经营方针。"

大概很少有"一把手"能容得下处处与自己意见相左的人呆在身边的。趁贾尼尼势力还不稳，夫坎西将他挤出了哥伦布储蓄暨贷款银行。

永远地跨出哥伦布储贷银行大门之时，贾尼尼并未有被夫坎西挤出来而灰溜溜的感觉，相反，他倒有一种大有可为的感觉。

贾尼尼辞职时，有5位"哥伦布"银行的高级职员也辞了职，表示要与贾尼尼共闯天下。贾尼尼与这5位同道，又邀上做中间商时结交的4位朋友，共创"加州意大利银行"。在集资30万元做底本时，贾尼尼和其他4位持有现金的发起人每人凑它五六万，轻轻松松地就能凑齐，但是贾尼尼却只许每人承担195股，每股50元，合计不到1万元。他之所以这样做，是为了避免银行中有持股超过半数的人，他要把更多的股权留给身处社会下层的公众。

贾尼尼吸收旧金山的鱼贩、菜商、理发店、油漆店、小食店、面包店等小店的店主和伙计，以及乡下的农民1000多人，每人认购了1～3股。

贾尼尼的做法在当时的美国是一个创举。1904年10月17日上午9时，"加利福尼亚州意大利银行"在旧金山的华盛顿街正式开业。

贾尼尼为争取大众储户，白天骑马走乡下，夜晚徒步市区劝说普通市民。真心打动了民众，他们把可存的3元、5元、10元钱储入意大利银行。额度虽小，但民众是存款的基础，集腋可以成裘。到1904年年底，意大利银行的存款额突破了10万元。

从此，加州意大利银行开始一点点壮大起来。

四肢瘫痪的飞行员

成为一个成功者最重要的条件，就是每天精力充沛地努力工作，不虚掷光阴。

——威廉·戴恩

有些人成就不大，不在于智力或能力不够，而在于没有克服自己心理上的弱点和谬见，没有充分发挥自己既有的才能和潜能。只有不断向自己挑战，向生活挑战，才能取得更大的成功。

从事飞行25年的潘·帕特森从未碰到过这种奇事，他面前这个坐在轮椅里的年轻人麦克·亨德森——一个四肢瘫痪的人居然想学飞行。

帕特森瞟了一眼亨德森的四肢，他的大腿软弱无力，根本无法使用尾舵踏板，他又怎么能驾驭1吨多重的飞机呢？最让这位飞行教员伤脑筋的是亨德森的手，他的五指虽在，但简直不能动。帕特森认为这是不可能飞行的。然而是什么促使他没有照直说呢？也许是眼前这个年轻人显而易见的决心以及他那迫切的表情。无论如何，有某种东西在这位直率健壮的飞行教员内心引起了共鸣。他说："也许我可以教你，但按照联邦飞行条例，你必须具备自己上下飞机的能力。"说罢，朝不远一架单引擎教练机努努嘴："我去准备一杯咖啡，如果我回来的时候你登上了飞机，那我们就算说定了。"

麦克将轮椅靠近机身，一只手搭在机翼的后缘，另一只手支撑在轮椅上，尽可能将自己撑了上去。然后转身面对着机身，用右肘机敏地挪动着，一点一点地向驾驶舱移动。

他用了45分钟，当帕特森走出去的时候，他正坐在驾驶员的位置上，血从磨破的肘部流出，舱内到处血污。看到他经受了如此的痛苦，帕特森知道没有什么能阻止他的决心。

但当帕特森送麦克去联邦航空局做体格检查时，担任检查的斯托达德医生感到为难地说："我的天，他身体能动的部位还不到10%！"

帕特森坚持己见，并说，如果他为自己这个学生的飞行技能担保，那么医生是否愿意与麦克一同飞行，以亲眼鉴定？医生同意了。

现在的一切都取决于教员和学生了。他们一起着手解决新出现的每一个问题。利用毯子的摩擦可以使麦克登上光滑的机翼。戴在头上的一套通讯设备可以使他不必用手拿着无线电话筒。他们还把舵柄改成垂直移动，这样可以使麦克不用脚而用右臂来操纵不易控制的尾舵。让帕特森高兴的是麦克的手指显得越来越灵活，但他担心他的气力不够，这样在大风时起飞和着陆，就无法将驾驶杆拉回来。麦克倒想了个主意，为什么不做一个金属钩套在他的手腕上？这样放、拉不就都自如了吗？麦克自己在家做第一个样品，生铁把手腕都磨破了。后来他又用医院的轻铝板与一只手套固定在一起，使用起来很方便。

进行长时间的艰苦训练和测试之后，放单飞的时刻终于来到了，麦克用右手推上油门，松了手闸，调整一下方向便滑出跑道。几分钟之后他便飞上蓝天。

在1305米的高度，麦克感到一阵未曾有过的激动，他浮想联翩：这是我有生以来做过的最伟大的事情。

以后的几个月里，麦克在斯托达德医生的帮助下，成为第一个通过仪表鉴定获得民航机驾驶员执照的四肢麻痹患者。斯托达德医生说："是麦克的意志使他出类拔萃，他的成功确实是一鸣惊人，令人难以置信。

没读过中学的局长

> 不停地专心工作，就会成功。
>
> ——查尔斯

1898年的时候，纽约的络克兰发生了一场悲剧。一个小孩死了。这一天，邻居们正准备去参加葬礼，吉姆·法里走到马房去拉他的马。地上充满积雪，空气寒冷。那匹马好几天没有运动了，它渴望有人来解放它，当它被拉到水槽的时候便欢欣鼓舞起来，把两腿踢得高高的。结果，吉姆·法里被踢死了。于是，这个小镇上，一个星期内举行了2次葬礼。

吉姆·法里留下了一群孤儿和艰难的妻子，还有几百元钱的保险金。他最大的儿子吉姆才10岁，就要到一个砖厂去工作：运砂，把砂倒入砖模，再把砖转换方向在太阳下晒干。这个孩子一直没机会受教育。但是，他有一种使别人喜欢他的才华。凭着这种优势，他走上了政治活动的舞台。别人对此都充满了疑惑，一个没有受过教育的人怎么能走上政治舞台呢？

他没有进过一所中学，但是在他46岁的时候，有4所学院已经授予了他荣誉学位，他同时也成为民主党全国委员会的主席、美国邮政总局局长。

记者去访问吉姆，请教他成功的秘诀，他说："努力工作"。于是记者说："别开玩笑了。"他接着问记者认为他成功的理由是什么。记者回答："听说你可以叫出1万个人的名字。""我能叫出5万个人的名字。"他说。不要忽视这一点。他的这项能力使他帮助富兰克林·罗斯福进入了白宫。

在吉姆为一家石膏公司推销产品的那几年以及在升为小镇上一名公务员的那几年，他创造了一套记住别人姓名的方法。这是一个非常简单的方法。每次他新认识一个人，他就问清楚那个人的全名、家庭人口、他的职业以及政治观点。他把这些资料全记在脑海里。这样，他就有了一个别人的资料档案。当他又碰到那个人的时候，即使过了一年，他还是能拍拍对方的肩膀，询问起他的妻子和孩子的情况，以及他家后面种的那些植物。难怪他有一大群拥护他的人！

在罗斯福竞选总统活动开展以前的好几个月，吉姆每天都写好几百封信，给遍布西部和西北部各州的人们。然后，他跳上火车，在19天内足迹踏遍了20个州。那12000英里的路程，他以马车、火车、汽车和轻舟代步。每到一个市镇，就跟他所认识的人一起吃早餐或午餐，喝茶或者吃晚饭，跟他们谈肺腑之言。然后，又继续他的下一站。等他回到东部，他就写信给他到过的每一个市镇上的某个人，索取一份所有他谈过话的人的名单。然后加以整理，他就有了成千上万个人的名字了。这名单上的每一个，都会收到一封吉姆的私函。那些信都以"亲爱的比尔"，或者"亲爱的杰克"开头，结尾总是签上"吉姆"。

炒老板的鱿鱼

你要确实地掌握每一个问题的核心，将工作分段，并且适当的分配时间。

——富兰克林

麦克唐纳快餐馆的董事长克罗克没读完中学就出来做工，以维持生存。后来，他在一家工厂当上了推销员，生活有了明显的改善；另外，他在推销产品过程中也交了许多朋友，积累了大量有关经营管理方面的宝贵经验。后来，他决定创办自己的公司。

通过市场调查，克罗克发现当时美国的餐饮业已远远不能满足已变化了的时代要求，急需改革，以适应亿万美国人的快餐需求。但是，克罗克面临的首要问题就是资金问题，对于一贫如洗的克罗克来说，自己开办餐馆根本就不可能。

最后，他终于想出了一个好办法，他在做推销员工作时，曾认识了开餐馆的麦克唐纳兄弟，自己可以到他们的餐馆中学习，最后实现自己的理想。

于是，克罗克找到麦氏兄弟，讲述自己目前的窘境，最后博得了对方的同情，恳请麦氏兄弟帮忙，答应他留在餐馆做工。

克罗克深知这两位老板的心理特点，为了尽早实现自己的目标，他又主动提出在当店员期间兼做原来的推销工作，并把推销收入的5%让利给老板。

为取得老板的信任，克罗克工作异常勤奋，起早贪黑，任劳任怨；他曾多次建议麦氏兄弟改善营业环境，以吸引更多的顾客；并提出配制份饭、轻便包装、送饭上门等一系列经营方法，扩大了业务范围，增加服务种类，获取更多的营业收入；还建议在店堂里安装音响设备，使顾客更加舒适地用餐；他还大力改善食品卫生，狠抓饮食质量，以维护服务信誉；认真挑选店堂服务员，尽量雇用动作敏捷、服务周到的年轻姑娘当前方招待；而那些牙齿不整洁、相貌平常的人则安排到后方工作，做到人尽其才，确保服务质量，更好地招徕顾客。

克罗克为店里招徕了不少顾客，老板对他更是言听计从了。餐馆名义上仍是麦氏兄弟的，但实际上餐馆的经营管理、决策权完全掌握在克罗克的手中。不知不觉，克罗克已在店里干了6个年头。时机终于成熟了，他通过各种途径筹集到了一大笔贷款，然后跟麦氏兄弟摊牌。起初，克罗克先提出较为苛刻的条件，对方坚决不答应，克罗克稍作让步后，双方又经过激烈的讨价还价，最终克罗克以270万美元的现金，买下麦氏餐馆，由他独自经营。

第二天，该餐馆里发生了引人注目的主仆易位事件，店员居然炒了老板的鱿鱼，这在当时可以说是当地特大的新闻，引起了巨大的轰动，而快餐馆也借众人之口，深入人心，大大提高了其在美国的知名度。克罗克入主快餐馆后，经营、管理更加出色，很快就以崭新的面貌享誉全美，经过20多年的苦心经营，总资产已达42亿美元，成为国际十大知名餐馆之一。

没有渡不过的难关

微笑，昂首阔步，做深呼吸，嘴里哼着歌儿。倘使你不会唱歌，吹吹口哨或用鼻子哼一哼也可。如此一来，你想让自己烦恼都不可能。

——戴尔·卡内基

朱莉娅生命中的前35年，除了结婚，生了2个女儿外，实在过得平淡又平淡。在她35岁这年，她的生活起了重大的变化：她的丈夫抛下了她和女儿，和别的女人另组家庭去了。

朱莉娅没有受过正式的职业教育，因此没有一技之长。在离婚，失业又没有固定收入的情况下，她必须设法生存下去，并抚养 2 个小女儿。“我不能惊慌失措，有志者事竟成。我会有办法养活自己和女儿的。”她这样对自己说。

她抓住了第一个闯入她脑海中的念头，于是决定尝试一下房地产事业。可惜的是，她选择这个行业的时机不恰当，尽管她尽了最大的努力，但她还是失败了。

朱莉娅可不是轻易灰心丧气的人——她还有 2 个孩子需要她抚养。“带女儿们回老家去试试吧。”于是，她便又开始攒钱。等她攒够了路费，全家 3 口满怀希望地回到她的出生地——夏威夷。

把家安顿好后，朱莉娅想去买一件舒适的“木木”装——这是夏威夷岛上特有的一种宽松肥大的便服，它方便舒适，既适合在家里穿，又可以出门在比较随便的场合中穿，夏威夷的妇女不论老幼，都习惯于穿这种便装。朱莉娅逛遍了所有的商店，发现这种便装竟然只有一种尺寸，所有的布料也不时髦，全部都是用当地的一种土产印花布制成的。这些衣服整齐却单调地挂在商店的橱窗里，几乎一模一样。

看着这些像军装一样整齐划一的服装，朱莉娅忽然来了灵感，她记得有这样一句话：“成功的秘诀就是找到一种需要并满足它。”现在，她找到了这种需要，剩下的便是怎样去满足他了。

她买了一些漂亮的外地产的布料，试着为自己做了一件这种宽松式的便服，还在衣边上绣了花边。做好后一试，这件衣服不但剪裁合体而且有独特的设计风格，使她看起来那么与众不同。

房东的妻子十分喜欢朱莉娅的这件新衣服。“你能帮我也做一件吗？”她问道。

“当然可以，我十分愿意。什么时候方便，我给你量一下尺寸。”朱莉娅回答。

“量尺寸？你是说，你做这种便装还要量身体剪裁？”

“当然！我要为你做一件漂亮的、完全合乎你身材的‘木木’，不论腰围、袖长还是肩宽，都要十分合身才行。你放心好了。”

按这种设计思想去剪裁缝制“木木”装，毫无疑问，这在当地是一个崭新的创举。

在设计独特的“木木”便装时，朱莉娅对自己提出了4个问题，来验证一下自己的构想是否合理，是否会成功。

第一个问题：这个构想是不是实用，人们是否需要它？朱莉娅认为，“木木”便装在当地是十分实用的，妇女们有穿这种衣服的传统和习惯。它那宽松的式样适合所有体型的妇女，任何为肥胖所困扰的女士，都可借着“木木”宽松肥大的式样掩饰她们体型上的缺陷。

第二个问题：它可以做得很美吗？朱莉娅认为，可以，它可以做成现在正流行的更时髦的宽松样式，用花边等花哨的装饰点缀，还可以借鉴其他款式服装上的打褶等方法，来增加它的美。

第三个问题：它可以做得独具特色、与众不同，足以在众多类似的品种中脱颖而出吗？朱莉娅认为，只要不用夏威夷当地产的印花粗布，她完全可以做到这点。如果采用全国流行的布料来裁制，“木木”装也许能在夏威夷以外的市场打开销路呢。

第四个问题：它能让顾客满意它的质量，让人认为它比目前其他服装更好吗？朱莉娅回答这个问题的速度也是既快又肯定的。是的，她的“木木”装不但实用、美观、与众不同，而且比目前市面上所售的同样服装，无论在价格、质量、款式上都略胜一筹。以这样的信心及100美元的资金，朱莉娅决定开始创业。

从朱莉娅为房东太太做第一件便服开始，10个月后，她每个月可以做100多件“木木”装了，甚至当地一所著名的中学也向她订货，请她为学校的200名毕业生缝制这种便装。他们看中了朱莉娅的设计独特、款式新颖、质量可靠的“木木”装，要毕业生在毕业典礼上穿这种服装。

朱莉娅已经能养活自己和2个年幼的女儿了。如果连这么一个离了婚又带着2个小孩的妇女——她不但没有钱而且没有受过专门训练，连她都能在突然来临的打击面前挺起胸膛，以一种新的观念及新的产品打入一个已饱和的市场，那么，我们还有什么经不住的打击、渡不过的难关呢？

克服心中的恐惧

人生不是一支短短的蜡烛，而是一只由我们暂时拿着的火炬；我们要把它燃得十分光明灿烂，然后交给下一代的人们。

——萧伯纳

文·班·库柏是美国最受欢迎的法官之一，但是他小时候却很懦弱。

库柏的童年是在密苏里州圣约瑟夫城的一个贫民窟里度过的。他的父亲是一个裁缝，是移民过来的，收入很少。为了取暖，库柏不得不经常去附近的铁路上拾煤。这孩子为自己必须这样做而感到羞愧，他常常从后街走，避免被其他的孩子看见。

但是那些孩子还是能看到，尤其是有一群孩子经常埋伏在库柏返回的路上，欺负他，并以此为乐。他们把他捡回来的煤渣扔得满街都是，库柏经常哭着回家，所以，他总是那么恐惧和自卑。

但是这时发生了一件事，在我们要打破失败的时候，这种事情总是会发生的。库柏读了一本书，深受鼓舞。于是，他在生活中采取了积极的态度，从中学会了做人要有方有圆，这书就是荷拉修·阿尔杰写的《罗伯特的奋斗》。

从这本书中，他读到一个少年奋斗的故事，这少年比他的遭遇还不幸，但是，他凭着自己道德和良心的力量战胜了那些不幸，库柏也想这样做。

于是，这个孩子把所有他能找到的荷拉修的书都读遍了。每次他拿起书来，他就觉得自己成了书里的主人公。整个冬天他都在厨房里读这些勇敢的故事，在不知不觉中，他吸收了积极的人生态度。

库柏读到这本书后几个月，他又出去拣煤。他注意有 3 个人影从一所房子后面飞快地跑过来。他的第一反应是转身就跑，但是，书中那个勇敢主人公的形象在这个时候进入了他的脑海，于是，他握紧煤桶，大踏步地向前走去，就像荷拉修书中的英雄所做的那样。

那可真是一场恶战，库柏和那3个男孩扭成一团，把这3个欺软怕硬的孩子都吓坏了。库柏右手一拳就打到了一个孩子的鼻子上，左手猛击他的胃部。这个孩子吓得停住手，回头就逃。库柏也因为他的逃走而很是吃惊，但同时，另外2个孩子也拼命地打他。库柏用力推开一个，然后把剩下的那个按倒在地上，用膝盖压他，还用力地踢他的腹部和下巴。现在就剩下最后一个，他是这几个孩子的头，已经跳到了库柏的身上，库柏用力推开他，站了起来，他们就这样狠狠地相互对视了1分钟。

但是，这个小头目逐渐地后退，最后终于逃走了。库柏也许是因为一时气愤，又朝他扔了一块煤炭。

库柏这时才发现自己的鼻子上也受了伤，身上也青一块紫一块。这一架打得真好，而这一天也是他一生中最重要的一天，在这天，他克服了自己的恐惧。

没有磨难不能成功

当一切毫无希望时，我看着切石工人在他的石头上，敲击了上百次，而不见任何裂痕出现。但在第一百零一次时，石头被劈成两半。我体会到，并非那一击，而是前面的敲打使它裂开。

——贾柯·瑞斯

有一个小男孩在草地上发现了一个蛹，他把蛹捡起来带回家，要看看蛹是怎样化为蝴蝶的。

过了几天，蛹上出现了一个小裂缝，里面的蝴蝶挣扎了好几个小时，身体似乎被卡住了，一直出不来。小男孩看着看着，于心不忍，便拿起剪刀把蛹剪开了，蝴蝶脱蛹而出，可是这只蝴蝶身躯臃肿，翅膀干瘪，根本飞不起来。

小男孩以为几小时之后，蝴蝶的翅膀会自动舒展开来；可是他的希望落空了，一切依旧，那只蝴蝶注定要拖着臃肿的身子与干瘪的翅膀，爬行一生，永远也无法展翅飞翔。

大自然的道理是非常奥妙的，每一个生命的成长都充满了神奇与庄严，瓜熟蒂落，水到渠成；蝴蝶一定要在蛹中经过痛苦的挣扎，一直到它的羽翅强壮了，才会破蛹而出。

小男孩善意的一剪，反而害了它的一生。

盯住前面的美好生活

人生真正的欢欣，就是在于你自认正在为一个伟大目标运用自己；而不是源于独自发光、自私渺小的忧烦躯壳，只知抱怨世界无法带给你快乐。

——萧伯纳

听说过“两个女人一条腿”的故事吗？她们一个叫艾美，是美国姑娘；另一个叫希茜，是英国姑娘。她们聪明、美貌，但都是残疾。

艾美出生时两腿没有腓骨。1 岁时，她的父母做出了充满勇气但备受争议的决定：截去艾美的膝盖以下部位。艾美一直在父母怀抱和轮椅中生活。后来，她装上了假肢，凭着惊人的毅力，她现在能跑，能跳舞和滑冰。她经常在女子学校和残疾人会议上演讲，还做模特，频频成为时装杂志的封面女郎。

与艾美不同的是，希茜并非天生残疾。她曾参加英国《每日镜报》的“梦幻女郎”选美，一举夺冠。1990 年她赴南斯拉夫旅游，决定侨居异国。当地内战期间，她帮助设立难民营，并用当模特赚来的钱设立希茜基金，帮助因战争致残的儿童和孤儿。1993 年 8 月，在伦敦她被一辆警车撞倒，肋骨断裂，还失去了左腿。但她没有被这一生活的不幸击垮。她后来奔走于车臣、柬埔寨，像戴安娜王妃一样呼吁禁雷，为残疾人争取权益。

也许是一种缘分，希茜和艾美在一次与国际著名假肢专家见面时相识。她们现在情同姐妹。她们虽然肢体不全，但不觉得这是多了不得的人生憾事，反而觉得这种奇特的人生体验，给了她们坚韧的意志和生命力。她们现在使用着假肢，行动自如。但在坐飞机经过海关检测时，金属腿常引发警报器铃声大作。只有在这时，才显出两位大美人的腿与众不同。

只要不掀开遮盖着膝盖的裙子，几乎没有人能看出两位美女套着假肢。她们常受到人们的赞叹："你的腿形长得真美，看这曲线，看这脚踝，看这脚趾甲涂得多漂亮!"

她们中的艾美说："我虽然截去双腿，但我和世界上任何女性没有什么不同。我爱打扮，希望自己更有女人味。"

你看这姐俩，她们几乎忘了自己是残疾人。她们没有工夫去自怨自艾，人生在她们眼里仍是那么美好。

把暗淡人生变辉煌

过去的事已经一去不复返。聪明的人是考虑现在和未来，根本无暇去想过去的事。

——培　根

爱尔兰作家克里斯蒂·布朗1933年出生不久便患了严重的大脑瘫痪症。这是一种自己痛苦、别人看了也痛苦的病，一直到5岁，小布朗还不会说话，头部、身躯、四肢也都不能活动，父母带着他四处求医，可情况始终没有什么好转。最后连家里人也失去了信心，认为他可能要这样过一辈子了。

有一天，躺在床上的小布朗正在看着妹妹用粉笔画画玩；他忽然伸出了自己的左脚，把妹妹手里的粉笔夹了过来，在床沿上乱画起来。

妹妹大声哭喊：“给我粉笔！给我粉笔！”哭喊声招来了妈妈。妈妈的眼光没有停留在妹妹身上，而是落在了小布朗的左脚上。她高兴地惊叫道：“他的左脚还能动！”

真是喜从天降啊。母亲认为自己的儿子还能在社会上生存下去。她开始教他用左脚写字。布朗的头脑并不笨，他第一天晚上便跟妈妈学会了英语字母“A”。1年后，26个字母就都能用脚写下来了。

他继续刻苦学习，除了写字，还要看书。全家人省吃俭用，节省下钱来为布朗买儿童读物和文学名著。布朗对文学作品表现出了浓厚的兴趣。

随着布朗一天一天长大，他慢慢能说话了。他想要写信、做读书笔记，还想试着练习写作。这样一来，笨拙的左脚趾就不太胜任了。他对妈妈说他要一台打字机。

妈妈迟疑地对布朗说：“孩子，买了打字机，你怎么使用呢？你没有健全的手啊！你能学会用脚趾打字吗？”

布朗回答妈妈说：“是的，妈妈，我没有健全的手，但我有一只健全的脚，我要成为世界上第一个用脚趾打字的人！”

母亲想方设法替儿子买了一架旧打字机。布朗把打字机放在地上，自己半躺在一把高椅上，用左脚按动键钮。他像着了迷一样，整天地练习。累了，就用左脚趾夹住笔画画。

由于脚趾掌握不好打字的力度，所以刚开始打出的字，不是模糊不清，就是打烂了纸。但布朗一点儿也不灰心。他仍然着迷似地坚持练习，不管是炎热的夏天，还是寒冷的冬天，他都没有中止过一天。

他的左脚趾长出了老茧。终于，他打出了力度适中、清清楚楚的字，而且还能熟练地给打字机上纸、退纸，还能用左脚趾整理稿件。

布朗学会打字后，写作的愿望变得更加强烈。他把自己想写一部小说的想法告诉了母亲。母亲知道儿子是个有决心、有毅力的人，她也理解儿子的心情，可她知道写作比学习打字不知要难上多少倍，她担心儿子一旦失败会承受不了心灵上的创伤，她不想让这个不幸的孩子再受什么伤害，再平添许多痛苦。另外，她也觉得，儿子还是个小孩子，没有多少生活阅历，有什么可写的呢？于是她劝慰儿子：“孩子，你有雄心壮志，妈妈很高兴。但是，人生的道路是很曲折的，不像你想的那么简单，万一失败了怎么办呢？我看你还是好好休养，读读小说，画画图画，玩玩打字机就行了，不要想得太多了。你现在年纪还小，等以后再说吧！”

“妈妈，人活着就应该有所追求。我是一个残疾人，丧失了生活中的许多乐趣，别人都看不起我，兄弟姐妹们也把我当成包袱。我要奋斗，我要让人们知道，我不是一个多余的人。”

布朗躺在床上，静静地回忆着自己自记事以来不幸而坎坷的人生经历，决定一定要把自己的生命历程写成一部自传体小说。他在心中酝酿着。

过了几个月，布朗已经用他的左脚打出了他第一部小说第一章的初稿。

他首先把它念给母亲听。母亲被小说主人公的痛苦遭遇和坚强性格深深打动，她流着泪听儿子念完，然后把儿子紧紧搂在怀里，对儿子说：“孩子，一定要坚持下去，我相信你会成功！”

不知写了多少个日日夜夜，不知费了母子俩多少心血，不知克服了多少常人难以想象的困难，不知经历了多少次的失败和挫折。终于，在布朗21岁的时候，他的第一部自传体小说问世了。他把它取名为《我的左脚》。他想在小说的标题中，就开门见山地告诉人们：我的左脚支撑起了我的整个生命，我的左脚在创造着自己不屈不挠的生活。

布朗虽然只能用左脚来写小说，但这并不妨碍他在文学创作的道路上不断拼搏。16年之后，他的又一部自传体小说《生不逢时》也出版了。这部小说感情真挚，哲理深刻，故事情节非常动人，语言像诗一般优美。一出版便震动了国内外文坛，成为一部畅销书，短时间内15个国家相继翻译出版了他的书，有的国家还把它改编成了电影。布朗在妻子无微不至的照顾下，1974年出版小说《夏天的影子》，1976年发表小说《茂盛的百合花》。另外，在1972～1976年间，布朗还创作出版了3本诗集。克里斯蒂·布朗写的最后一部小说是《锦绣前程》。

克里斯蒂·布朗仅仅活了48岁。可他在短短的几十年里，靠顽强的意志、坚持不懈的精神同命运作斗争，用一只左脚把原来暗淡的人生变得辉煌。他的左脚不仅写出了小说，而且写出了人类战胜困难的力量和精神。

为了民族的解放

这个世界总是充满美好的事物，然而能看到这些美好事物的人，事实上是少之又少。

——罗　丹

反英武装大起义的著名领袖马赫迪原名叫穆罕默德·艾哈迈德。1844年出生在苏丹栋古拉省拉巴卜岛一个贫苦的阿拉伯造船工人家庭，从小就没有父亲，他和几个哥哥在尼罗河上游过着流浪生活。19世纪70年代的苏丹，在英国殖民者和埃及封建主的双重压迫下，人民生活极为痛苦。家境的清贫，民族的灾难，在艾哈迈德幼小的心灵里打下很深的烙印。他同情民众疾苦，仇恨外国统治者。

艾哈迈德从儿童时代起就很想读书，终于找到一个机会，在一所古兰经学校求学。他发愤学习，成绩经常名列前茅。艾哈迈德是一个具有反抗精神的年轻的伊斯兰教教士。据传，有一次他公开拒绝吃学校发给学生的口粮，因为他认为这些口粮是政府从穷人那里横征暴敛得来的，直到教师向他保证，这是自己地里种出来的，他这才同意就餐。他的这一举动，轰动了全校。艾哈迈德对现实社会的种种腐败弊政更是愤愤不满。有一次，他的师父穆罕默德·沙里夫教长为儿子举行排场极为豪华的割礼仪式，艾哈迈德也参加了这次仪式。他不满这种情景，当即向师父提出异议。但是，他却因此冒犯了师父，被革出教门。艾哈迈德并没有屈服，相反，更坚定了他同腐朽势力作斗争的决心。

1871年，艾哈迈德到阿巴岛定居，以传教方式在群众中进行宣传和组织工作。他通过宣讲古兰经教义，在民间宣传朴素的平等观念，主张在真主面前人人平等。他猛烈谴责一切富人、教长、官吏和外国入侵者的贪婪、残暴，号召人民拒绝纳税，起来驱逐外国侵略者。他的宣传深得人民的拥护。

1881年8月，艾哈迈德经过长期的准备工作，利用伊斯兰教关于马赫迪（即救世主）出现的传说，宣布自己就是“救世主”——马赫迪，号召人民起来和“邪恶势力”作斗争，在人间建立真正的伊斯兰信仰和实现人间正义。他散发宣言，公开宣布要推翻统治阶级，建立一个“普遍平等、处处公正的美好社会”，提出“宁拼千条命，不缴一文税”的口号，这个口号，对生活在水深火热之中的苏丹农民具有极大的号召力，鼓舞他们同本国反动统治者和英国殖民侵略者进行英勇的斗争。

艾哈迈德的这一行动，使反动当局极为惊恐，苏丹总督派人去阿巴岛，要艾哈迈德立即放弃“救世主”的称号，停止“叛逆”行动。艾哈迈德严正回答说：“除了受命于神的权威之外，不承认任何权威”。统治当局派了两连武装来捕捉艾哈迈德。艾哈迈德以马赫迪的名义，号召人民拿起武器，进行“圣战”。他组织了一支以农民、手工业者为主体的300多人的起义队伍，手执长矛、鱼叉和棍棒，严阵以待。

1881年8月12日凌晨，当政府军偷袭马赫迪所在的村庄时，埋伏在四周的起义者，出其不意地冲杀出来，打死官兵130人。马赫迪武装起义正式开始。这是一次争取社会解放的起义。

初战胜利后，马赫迪的起义队伍转移到地势险要的卡迪尔山区，建立根据地。接着，他向各地派密使、发书信进行广泛宣传鼓动，号召均贫富、反压迫，赶走英国侵略者。

反动派为消灭起义者，多次派重兵围剿卡迪尔山区，均遭惨败。1881年底，法绍达省长拉希德指挥1400多人的“讨伐军”，前去袭击起义军，结果全军覆没。1882年6月，一支3500人的“讨伐军”，在优素福·帕夏的率领下，气势汹汹地向根据地扑来，结果，中了起义军的埋伏，又被全部歼灭，优素福当场毙命。两次大胜仗，极大地鼓舞了广大人民群众的斗志，起义队伍迅速扩大到15万人。

1882年9月至1883年初，马赫迪率领他的主力军，向苏丹第二大城市乌拜伊德发起进攻。事先，他曾派出3名使者向该城统治者招降，均被活活绞死。统治者的残暴，激怒了起义的群众，在为战友报仇的口号声中，起义军直扑该城的西南角，马赫迪身先士卒，奋勇杀敌。经过3个多月的艰苦战斗，1883年1月17日，终于攻克了乌拜伊德城。英国殖民者惊恐万分，先后从埃及派遣5万多士兵到苏丹参战。这年9月，英军1.1万余人，在希克斯将军的率领下，侵入苏丹，准备夺回乌拜伊德城。马赫迪采取了坚壁清野、切断后路、打进敌军内部进行分化瓦解和设埋伏圈袭击等办法，使敌军陷入绝境。在城南的希甘会战中，英军终于被马赫迪的4万优势兵力所歼，希克斯被击毙。此后，革命的烽火席卷苏丹的西部和南部，至1884年初，整个南部地区宣告解放。

1884年1月，英国殖民者派出老奸巨猾的戈登任苏丹总督，戈登一到苏丹，就散布谎言，说他同情苏丹人民，将下令给苏丹“独立”。他还写信给马赫迪，要与马赫迪交“朋友”，“共商”苏丹大事。马赫迪当即回信，坚决地表示：“我是众所期待的当之无愧的马赫迪，是先知的继承人，我无须接受你委以的……君主之任”，“向我们投降，你才有生路”，表现出一个革命者崇高的民族气节。与此同时，马赫迪继续扩大反英武装队伍，决心消灭戈登的军队。

1884年8月，马赫迪率军4万，向总督府所在地喀土穆挺进。10月22日，起义大军抵达距喀土穆不远的恩图曼城下。经过2个多月的鏖战，终于在1885年1月26日攻陷了喀土穆城，苏丹人民的死敌、曾经镇压过我国太平天国运动的刽子手戈登，被起义战士用长矛刺死在总督府前。

马赫迪在起义中，和士兵同甘共苦，实行军事民主，缴获的战利品一律上交国库，不享受特权，作战机智多谋，屡战屡胜，深得人民的拥戴。正当抗英斗争取得节节胜利的时候，1885年6月，马赫迪不幸患病逝世，终年41岁。马赫迪逝世后，在总指挥阿卜杜拉的领导下，武装起义继续进行。9月，苏丹全境解放，马赫迪国家宣告成立。这个由马赫迪首创的独立国家，一直存在到19世纪末。

忍受瞎眼的折磨

真正的发现之旅不只是为了寻找全新的景色，也为了拥有全新的眼光。

——马塞尔·普劳斯特

已故的布什·塔金顿说："人生加诸我的任何事情，我都能接受，只除了一样，就是瞎眼。那是我永远也没有办法忍受的。"

然而，在他60多岁的时候，有一天他低头看着地毯，色彩整个模糊，他无法看清楚地毯的花纹。他去找了一个眼科专家，发现了一个不幸的事实：他的视力在减退，有一只眼睛几乎全瞎了，另一只离瞎也为期不远了。他唯一所怕的事情终于发生在他的身上。塔金顿对这种"所有灾难里最可怕的事"有什么反应呢？他是不是觉得"这下完了，我这一辈子到这里就完了"呢？没有，他自己也没有想到他还能觉得非常开心，甚至还能善用他的幽默感，以前，浮动的"黑斑"令他很难过，它们会在他眼前游过，遮断了他的视线，可是现在，当那些最大的黑斑从他眼前晃过的时候，他却会说："嘿，又是老黑斑爸爸来了，不知道今天这么好的天空，它要到哪里去。"

当塔金顿终于完全失明之后，他说："我发现我能承受我视力的丧失，就像一个人能承受别的事情一样。要是5种感官全丧失了，我知道我还能够继续生存在我的思想里，因为我们只有在思想里才能够看，只有在思想里才能够生活，不论我们是不是知道这一点。"

塔金顿为了恢复视力，在一年之内接受了12次手术，为他动手术的是当地的眼科医生。他有没有害怕呢？他知道这都是必要的，他知道他没有办法逃避，所以唯一能够减轻他受苦的办法，就是爽爽快快地去接受它。他拒绝在医院里用私人病房，而住进大病房里，和其他的病人在一起。他试着去使大家开心，而他必须接受好几次手术——他只尽力让自己去想他是多么的幸运。“多么大啊，”他说，“多么妙啊，现在科学的发展已经达到了这种技巧，能够为人的眼睛这么纤细的东西动手术了。”

一般人如果要忍受12次以上的手术和不见天日的生活，恐怕都会变成神经病了。可是塔金顿说：“我可不愿意把这次经历拿去换一些不开心的事情。”这件事教会他如何接受，这件事使他了解到生命所能带给他的没有一样是他能力所不及而不能忍受的。这件事也使他领悟富尔顿所说的：“瞎眼并不令人难过，难过的是你不能忍受瞎眼。”

挺起胸脯过日子

> 人类的悲剧，就是想延长自己的寿命。我们往往只憧憬地平线那端的神奇玫瑰园，而忘了去欣赏今天窗外正在盛开的玫瑰花。
>
> ——戴尔·卡内基

世界最卓越的电机工程师斯坦麦茨生下来就是残废的，左腿不能伸直，背部隆起。但医生叫他父亲放心：“他能活下去的，不要紧。”

他的父亲卡尔·海恩里奇一听此话，挺起胸脯说：“哦，他会活下去就行。”

斯坦麦茨一家人一贯都是这样挺起胸脯过日子的，尽管面前障碍重重。他们世世代代居住在德国和波兰之间不断移动着的国境地区，从事劳动，承受着绵绵不绝的苦难，他们都是靠着机灵和肯干活过来的。现在也不会为这呱呱坠地的新来的小客人担忧：“他总会想方设法对付下去的。”

在不到一年的时间内，小卡尔就必须在失去母亲的情况下对付着活下去。他的父亲是一条铁路上的工人，把他寄养在祖母家里。在布雷列斯劳城的多文齐恩街的一间大房间里，调皮的孩子和他祖母玩着，他学会了如何最大限度地从祖母的宠爱中捞取好处。她给他讲波兰本乡的民间故事，也讲《圣经》里的关于古代希伯来的黄金和雄伟城市的故事。

“祖母，我们也有奇迹般的城市，不是吗？”小孩问。

“也许我长大后，也可以帮助建立一个这样的城市。”

他用积木搭起了一座《旧约》的所罗门王的宫殿。当祖母不在旁边的时候，他在里面点起一支蜡烛去“照亮它”。但火焰点燃了木块，眼看要烧成大火，祖母才赶来用水浇灭了火。木宫殿里一片汪洋。

卡尔又难过又害怕。原来，太多的光亮会发生这样的结果。长大以后，他的心灵就计划如何弄到光明，照亮宫殿，而又不致把它烧成灰烬。

他进小学的时候，可以说还像个婴儿。还只有 5 岁，他就学拉丁文动词的法。7 岁学希腊文和一点儿希伯来文。8 岁时，他的代数和几何知识已经有一定的基础。他念完了 10 年制学校，正准备以最优等成绩的荣誉毕业。他神经紧张地等待毕业大典的到来。

当时的习俗，要求毕业班全体学生，穿好礼服，坐在台上，参加口试。卡尔买不起礼服，就租了一套。但是在隆重礼仪的那天早上，学校布告栏上贴了一张布告：

“卡尔·奥古士特·鲁多尔夫·斯坦麦茨，由于成绩特别优异，免于参加口试。”

他慢慢地把礼服折叠起来放好，两颊流下了热泪。他懂得免他口试的原因，因为他是个残废。老师们认为在大庭广众面前让这个学生上台不体面。实际上，他们的思想才是残废的呢！在那么多学生中，老师单把他挑出来，这只能增加他的痛苦和孤独感。

从此，卡尔·斯坦麦茨一生一世就再也不穿礼服了。

在他进布列斯劳大学后不久，他就表现出惊人的才智。他的教授们对他玩弄数字的魔术般的本领大为惊讶。同学们对于他的“高深莫测的心眼”，倒真的有几分害怕。

在瑞士苏黎世，他依仗撰写天文学的文章，来赚取微薄的收入。他在工业综合大学读书，和一个同学住在“市镇边上最后一条街最后一幢房子的最高一层的楼上”。这里出现了他一生最重要的转折点。跟他同住的一个同学告诉他：“假如你到美国去，你会丢掉你对于政治的重视，而专心致力于数学。在美国，他们迫切需要工程师。”

终于到了美国。这位貌不惊人的年轻残疾人，一拐一拐地走上纽约的闹市，身上只有几封给几家电器公司的介绍信以及一套数学符号作为他的唯一的资本，此外就只有随身带来的满腔希望。他搬进布鲁克林一家廉价的住房，并立刻开始找工作。他找了爱迪生电气公司的总工程师，结果得到的是一个粗鲁的回绝："这些日子来美国的工程师太多了！"

他又访问了鲁道夫·艾赫迈尔的制造厂。秘书把他当作一个流浪者，正准备赶走，恰巧这时艾赫迈尔先生本人踱进了办公室。鲁道夫·艾赫迈尔仁慈地望着他说："过一个星期来看看，也许有一个工作机会。"

真的有一个工作机会——一星期12美元的绘图师位置。

不到3年，卡尔·斯坦麦茨就依靠自己的努力脱颖而出了。

1892年1月，在美国电机工程师协会的一次会议上，一个最不知名的会员走向讲台，然后用他蹩脚的英文，吃力地向大家宣读了一篇数学论文。在这篇论文里，他明确地、一劳永逸地阐述了精确的电流滞后定律，从此再不需要盲目地制造发电机了。卡尔·斯坦麦茨已经驯服了电力，使之为人类服务。

1901年，斯坦麦茨当选为美国电机工程师协会的会长。次年，哈佛大学授予他名誉博士学位。哈佛大学校长埃里奥特致词说，"我将此学位颁赠给阁下，作为美国最卓越的、从而也是世界最卓越的电机工程师，阁下获此荣誉当之无愧。"

被认定的庸才

休息并非无所事事，夏日炎炎时躺在树底下的草地，听着潺潺的水声，看着飘过的白云，亦非浪费时间。

——约翰·罗伯克

加西亚·马尔克斯是哥伦比亚著名作家、1982年诺贝尔文学奖得主、《百年孤独》的作者。

当他被全球18位权威文学评论家推选为当今世界最伟大的10位作家之首的时候，他面对报界的采访，却说了一段出乎众人之料的话：“我非常感谢诸位尊敬的文学评论家对我的厚爱和鼓励。我非常珍惜随着我的声誉而来的各种荣耀；但是，我更珍惜从我童年起就经受的种种打击、挫折乃至失败。我至今仍然清楚地记得伟大的编辑家吉列尔莫·德托雷先生，是他毫不留情地退回了我的第一部小说……”

原来，早在很多年前，马尔克斯22岁那一年，他呕心沥血完成了他的第一部小说《枯枝败叶》。今天的文学评论家对这部书的评价非常之高，但是，在当时，它的这部书稿却屡遭厄运。当他把这部书稿送到阿根廷布宜诺斯艾利斯著名的洛萨达出版社后不久，便收到该社审稿编辑、西班牙著名文学评论家吉列尔莫·德托雷寄来的退稿，其中还附有一条措辞生硬的评语：“此书毫无价值，但艺术上似乎有可取之处。”

另外，这位伟大的编辑家还忠告作者：最好改行从事其他更有价值的工作。在这位伟大的编辑家眼里，马尔克斯在文学方面不是天才，而是个庸才。

马尔克斯说德托雷是伟大的编辑家是出自内心的，在他看来，德托雷伟大在他硬是逼出了个世界最伟大的作家。

他的退稿，反倒把马尔克斯逼上梁山，他不服气，不怕压，在挫折与失败面前，咬紧牙关，逆风而行，顶浪而上，最终攀登上了世界文学的高峰，成为世界上最伟大的作家，摘取了诺贝尔文学奖的金色桂冠。

把冷板凳坐热

> 进步不是一条笔直的过程，而是螺旋形的路径，时而前进，时而折回，停滞后又前进，有失有得，有付出也有收获。
>
> ——奥古斯汀

约翰·休斯敦是位著名电视节目主持人，他在CBS主持的“六十分钟”

是人人乐道的节目。

他曾经讲过他的一段经历……在刚进入电视台的时候他是一名新闻记者，因他口齿伶俐，反应快，所以除了白天采访新闻外，晚上又报道7点半的黄金档。以他的努力和观众的良好反应，他的事业应该是可以一帆风顺的。

不过很不幸的是，因为约翰的为人很直率，一不小心得罪了顶头上司新闻部主管。有次在一新闻部会议上，新闻部主管出其不意地宣布："约翰报道新闻的风格奇异，一般观众不易接受。为了本台的收视率着想，我宣布以后约翰不要在黄金档报道新闻，改在深夜11点报道新闻。"

这个毫无前兆的决定让大家都很吃惊，约翰也很意外。他知道自己被贬了，心里觉得很难过，但突然他想到"这也许是一次锻炼的机会，主要是在帮助我成长"，他的心渐渐平静下来，表示欣然接受新差事，并说："谢谢主管的安排，这样我可以利用6点钟下班后的时间来进修。这是我早就有的希望，只是不敢向你提起罢了。"

此后，约翰天天下班之后就去进修，并在晚上10点左右赶回公司准备11点的新闻。他把每一篇新闻稿都详细阅读，充分掌握它的来龙去脉。他的工作热情一点儿也没有因为深夜的新闻收视率较低而减退。

渐渐地，收看夜间新闻的观众愈来愈多，佳评也愈来愈多。随着这些不断的佳评，有些观众也责问："为什么约翰只播深夜新闻，而不播晚间黄金档的新闻？"询问的信件、电话不断，终于惊动了总经理。

总经理把厚厚的信件摊在新闻部主管的面前，对他说："你这新闻主管怎么搞的？约翰如此人才，你却只派他播11点新闻，而不是播7点半的黄金时段？"

新闻部主管解释："约翰希望晚上6点下班后有进修的机会，所以不能排上晚间黄金档，只好排他在深夜的时间。"

"叫他尽快重回7点半的岗位。我下令他在黄金时段中播报新闻。"

就这样，约翰被新闻部主管"请"回黄金时段。不久之后，被选为全国最受欢迎的电视记者之一。

过了一段时间，电视界掀起了益智节目的热潮，约翰获得十几家广告公司的支持，决定也开一个节目，找新闻部主管商量。

积着满肚子怨恨的新闻部主管，板着脸对约翰说：

"我不准你做！因为我计划要你做一个新闻评论性的节目。"

虽然约翰知道当时评论性的节目争论多，常常吃力不讨好，收入又低，但他仍欣然接受说："好极了！"

自然，约翰吃尽苦头，但他没说什么，仍是全力以赴，为新节目奔忙。节目上了轨道也渐渐有了名声，参加者都是一些出名的重要人物。

总经理看好约翰的新节目，也想多与名人和要人接触。有一天他招来新闻部主管，对他说："以后节目的脚本由约翰直接拿来给我看！为了把握时间，由我来审核好了，有问题也好直接跟制作人商量！"

就这样，约翰靠自己的努力由冷门节目的制作人，渐渐变成了热门人物。他也获得许多全美著名节目的制作奖。

赚钱和体力无关

对于不会利用机会的人而言，机会就像波浪般奔向茫茫的大海，或是成为不会孵化的蛋。

——乔治·桑

在美国当代商界中，查尔斯·威尔逊是一位极富传奇色彩的犹太人。一个尚未读完中学就辍学的贫穷孩子，在几十年间，登上世界旅馆业大王的宝座，这其间的距离，真可谓是"天壤之别"。他在美国 50 个州和另外 22 个国家的土地上，共开设了 1405 家旅馆，拥有 208939 个房间，双人床 30 多万张。每年接待旅客的总数在 7200 万人左右。

威尔逊自幼丧父，家境非常不好，他母亲在孟菲斯市一家牙科医院当助理，以周薪仅有 10 美元的待遇来养家，生活非常困苦。因此，威尔逊在读小学时，就开始替人家做些零星工作来补贴家用。

后来他母亲失业了，生活的担子完全落在了威尔逊的肩上，当时他才 15 岁。以他这样小的年纪，要维持母子二人的生活，是非常吃力的，但这个记不清楚父亲面貌的独生子，对母亲非常孝顺，他从不让母亲为家庭生活烦心。

“妈，您不用愁。”威尔逊对为失业而伤心的母亲说，“我可以想办法去赚钱。”

“你？”他母亲苦笑着说。“别说傻话了，孩子，现在正是经济不景气的时候，别说你还是个孩子，就是体壮力强的男人，要赚钱维持一家人的生活也不容易。就拿我来说吧，要不是国家经济上发生了变动，他们也不会把我辞掉的。”

“我们只有2个人。”威尔逊很乐观地说。“随便找个工作就够吃的了。再说，赚钱多少和体力并没有多大关系啊。”

“可是，你还在读书呵，孩子！”

“我可以暂时辍学，等将来有办法时再读也不迟。”

“不，孩了。”他母亲摇着头说，“你的学业要紧，还是我想法去找工作吧。”

威尔逊眨动着大眼睛，提出一个折中的办法来：“妈，这样好了，我们两个都去找工作，谁先找到，谁就先做，好不好？”

他母亲想，她一定会比她儿子先找到工作，所以就欣然接受了他的提议。因此，当第三天威尔逊来告诉她：“妈，我的工作找好了”时，她不禁大感意外。

“什么工作？”她不相信地问。

“卖玉米花。”威尔逊说，“我已经跟一家戏院老板谈好了，可以摆在他戏院里边卖。这种场合进进出出的人多，生意一定会很好。”

“这个主意倒是不错。”他母亲说，“可是卖玉米花需要一部爆花机，我们哪里有钱买机器？”

“不要紧，机器我也谈妥了。”威尔逊说，“每部是50元。”

“你到哪里去拿这么多钱？”

“不用现款，老板答应我可以分期付款，每周付2元就可以了。”威尔逊很高兴地说，“只要生意好，这个钱我一定付得起的。”

这时候，他母亲也不由得暗自高兴，这个才15岁的孩子，在3天之内，竟然把一件事情办得如此妥帖，实在是太难得了。

“孩子，”他母亲无限慈祥地拉着他的手说，“你是怎么想到卖玉米花的？”

“我觉得所有的人都喜欢吃玉米花，做这种生意一定很好赚钱。”

“也许你对做生意有一种特殊的才能。”他母亲的神色转为严肃了，“但是，我要提醒你。孩子，有空时要多看点书，不要把书本全部丢掉，不管做任何事，多吸收点书本上的知识，会发生意想不到的效果的。”

对母亲的这番教训，威尔逊一生都未忘怀过。

“她老人家说得一点也不错，”威尔逊在他母亲去世之后的一周年纪念会上，曾对他的亲友说，“书本上的知识，能帮助人们做正确的判断。”

在戏院里卖玉米花的生意非常好，后来，戏院的经理派人暗地里一调查，发觉威尔逊卖玉米花赚的钱，比他当经理的薪水还多。戏院经理当时虽然慷慨地答应他来卖玉米花，但是，当他发觉生意这样好时，禁不住起了私心，决心把威尔逊赶走，由自己来经营这个生意。

威尔逊来的时候，并没有任何手续，只凭经理一句话，现在经理要赶他走，他当然也无可奈何，他只提出一个条件：

“这部爆玉米花机，我买来的时候花了50元美金，你要照原价收买我的，不能算折旧费。”

戏院经理做这件事，本来就觉得于心有愧，当然不好意思再计较，如数把钱付给他。

这部爆玉米花机，威尔逊是用分期付款买来的，这笔钱无疑是他的储蓄存款，于是，他利用这笔资金开始筹划其他生意。最后威尔逊创造了美国商界的一个神话。

不起眼的大生意

大凡宇宙万物，都存在着正、反两面，所以要养成由后面、里面，甚至是由相反的一面，来观看事物的态度。

——李　耳

即使是在大家看来根本不值钱的东西也有人能靠它成为富翁。弗雷德里·图德便是有这种本事的人。

1783 年，图德出生于波士顿。他的家境还算殷实，图德的 3 个哥哥都毕业于哈佛大学，家里都期待他继承这一传统。但是他对这种生活并不感兴趣，在他 13 岁时，他决定弃学，并试着学做香料生意。

1805 年图德参加了他内兄德纳举办的一个酒会。内兄很有钱，在那儿，他和图德半开玩笑地设想了从附近的弗雷什庞德将冰运到南部各港口的可能性。在这些港口，冰可以卖高价。接着，他们还进行了几次讨论，并就技术和市场进行了广泛的调查，据此订出了一个计划。

卖这种容易融化的商品，很难成功，因为在尚未找到合适的隔热材料的情况下，冰一运到，就得尽快卖掉。图德经常去逛市场使他认识到在从未使用过冰的人当中，冰的使用不可能自动推广。图德还努力寻求改进取冰的方法，他知道这是很关键的一环。

在得到一位堂兄的个人协助和财政支持的情况下，图德投资 1 万美元，把 130 吨冰运往马丁尼克岛，波士顿一家报纸特别提到这件事："这不是儿戏，一艘装载冰块的货船已办好出港手续驶向马丁尼克岛。我们希望这不会是一宗不可靠的投机买卖。"

不久以后，图德跟着来到此地，他希望向那些也许从未见过冰的未来的顾客们说明怎样使用冰。运来了足够多的冰，对他来说想方设法出售一些冰是至关重要的。那些外籍居民看到冰时非常惊奇。经营蒂沃利公园的人坚持说，这个国家做不成冰淇淋，不等他把冰拿回家，它就会全部融化啦！为了回答他的问题，图德劝他订购 40 磅冰，答应第二天上午就在那个人的家里做冰淇淋。果然他把冰淇淋制成了。图德决心全力以赴地使这些人确信，他们不仅能够获得冰块，而且还能像在别的任何地方一样，在本地生产出冰淇淋这种美味的食品。这位经营蒂沃利公园的男人第一个晚上就卖掉了 300 美元的冰淇淋。此后，他变得谦虚了。

就这样，图德得到了一些成就和鼓励，但还不足以赢利。在 6 周之内，他的存货逐步融化了，图德付出努力所得到的一切却是 4000 美元的损失。图德不气馁，又驶向古巴……然而图德并不走运。1807 年，欧战正在进行，杰弗逊总统企图保持美国的中立地位，下令实行禁运，这使图德的计划遭到挫折。于是他返回波士顿，得知他父亲已破产。

图德无力偿还债务，险些进了债务人的监狱。他便留在自家的农庄，直至禁运结束。战争结束后，他又去寻找市场。这一次他不仅在加勒比海，而且还在南部各州寻找市场。他告诉大夫们如何敷用冰袋去减轻病人痛苦。他以同热饮相同的价格出售冷饮，以使人们习惯喝冷饮。此后，这种经商之道也为其他许多商人所发现，他经常想到总有一天美国人会习惯于喝冷饮的。带冰的冷饮售价一磅 10 美分，假如 16 杯冷饮合 1 加仑的话，那么每杯只不过需要花半美分的冷却费。

19 世纪 20 年代中期，图德的生意很好，但仍要坚持奋斗。在此期间，每年约有 3000 吨冰用船从波士顿运出，其中有 2/3 的冰是他运的。竞争在加剧，出售冰的生意前途似锦：取 1 吨冰花费 30 美分左右，1 磅冰运 1 英里花费 10 美分。图德拼命降低他的价格，并在总体上改进了业务，以便击败他的竞争对手。

到 19 世纪中期，图德“冰王”的地位已牢固树立。1856 年，图德用船运了 14. 6 万吨冰到下列地方：菲律宾、中国、澳大利亚、西印度群岛和南部各州，图德就这样依靠谁也不重视的东西发了大财。

出色的银行职员

人们经常会信口说什么尚未找到自我，但是事实上，自我并不是被找出来的，它是被创造出来的。

——汤玛斯·萨斯

格里尔夫人坐在休斯敦共和银行信托公司办公室里，关切地注视着自己的客户玛丽。玛丽露出一副忧愁的神态。她的丈夫刚刚去世，孩子们也刚刚离开她去独立生活了。她很孤独。明年她就 65 岁了，她必须从教师岗位上退休。“并不是因为我个人的生活使我不安，”玛丽说，“整个世界都在变化，甚至像打电话这样的事情也由电子计算机和别的什么机器来代替了……”发生在她周围的这些变化使她不知所措。

虽然客户到这里是来办理个人钱财事宜的，但格里尔夫人看得出玛丽身边发生的变化使她陷入困境。于是她们畅谈起来，格里尔夫人向她谈起自己几十年来所经历的各种艰难困苦的变化，以及她是如何迎接这些挑战并和它们交上朋友的。

格里尔夫人的父亲是得克萨斯一个小镇的邮电局长，她童年时期最好的朋友。那时她淘气得像个男孩子。父亲工作很忙，但他总是设法挤出时间和她玩耍。他们常常一起打猎、钓鱼、游泳，一起攀登得克萨斯州东部的小山。然而在她13岁那年，父亲去世了。现在谈起这些往事，格里尔夫人还禁不住热泪盈眶。

父亲去世后，母亲为她们做出了榜样。父亲的死使母亲非常悲痛，但并没有被这突如其来的变化所吓倒。母亲担负起全家生活的重担，靠教音乐养活孩子，并供她上完中学，又高兴地送她进入得克萨斯州立女子大学。

母亲对待生活中变化的态度深深地感染了她。母亲常对她说：“失去的东西不可复得。”生活中的许多变化是人们不期望发生的；但恰恰是这些变化，又会给你带来新的机会。这时你只要看看你身边所拥有的一切，再设法用新的东西来补偿你所失去的，那时，你就会成为生活中的强者。

当然，这些话听起来简单，但真正做起来并非易事。当时的美国，处于经济萧条时期，要找到一份工作谈何容易。幸运的是她终于在一家银行中谋到了一份差事。当她刚刚开始工作不久，就和肯·格里尔相识了。他们很快相爱了，不到2年就结了婚。婚后不久，他应征入伍，在二次大战中到英国服役。8个月后格里尔夫人收到了一份电报：肯·格里尔下落不明，据推测可能已经阵亡。

她不敢相信这是真的，但在她的生活中，他确实不存在了。这时，她在家里的作用比以往任何时候都显得重要了，因为她要养活母亲、外祖母及婆婆。“变化”的漩涡在席卷着她，她必须尽快找到自己所具有的优势。

于是，她想扩展一下在银行的业务，争取在银行得到晋升。但当时得克萨斯州立银行还没有妇女担任领导工作的先例。格里尔夫人自己也担心是否会和男人干得一样出色。她翻阅了当时她所能买的所有有关贸易方面的期刊，最后，她确信自己找到了机会。

一天早晨，格里尔夫人会见了当时她在那里工作的休斯敦第一国立银行的经理。她对他说："我们已大大落后于南方了，在那里，个人的才干受到鼓励和重视。我想成立这样一个部门，把个人的能力发挥出来，但我缺乏这方面的知识和技能，不知您可否允许我回大学再学习一个阶段。"他同意了她的请求，她终于克服了自己的不利处境，抓住了成功的时机。

从生活和工作中，格里尔夫人悟出了这样一个道理：对于我们生活中的每一次损失，上帝都会给予一定的补偿。只要肯寻找，并为之而努力。

她确实为之付出了努力，她建立了私人开发处，并成为休斯敦银行的第一个女经理。格里尔夫人在银行一直工作到 69 岁才退休。她离开了需要她的工作岗位，这对她来说绝非一件容易之事。

退休以后的一天，格里尔夫人接到一个从当地银行打来的电话："格里尔夫人，我们一直在物色一个特殊的人选来为我们的信托市场工作，这个人要和老年人相处得很好。您愿意来吗?"

她挂上电话，惊愕不已："我 70 岁了，他们仍然需要我，因为我年老，年龄就是我的财富。"她高兴地回去工作了，甚至成了电视台为老年客户服务的广告业务人员。令人吃惊的是，各种年岁的人都收看了这个节目。70 岁高龄的格里尔夫人，成了共和银行最出色的工作人员。收看节目的人数相当可观，尤其对那些因在生活中发生的变化而感到恐惧的妇女更为重要。

不会签名的董事长

人家的窃窃私语与你何干。让人家去说长道短；要像一座卓立的塔，绝不因为暴风而倾斜。

——但　丁

阿尔伯特·霍布代尔是曼彻斯特市格雷大街中学的校工，尽管薪水只有每周 5 英镑，他工作却十分尽责，总是把校园收拾得干干净净、整整齐齐，因为他觉得：既然自己没有机会读书识字，多干点事，为孩子们提供好的学习环境也是不错的。

不料那一年，他敬佩的老校长退休了，来了一个叫约翰逊的自命不凡的新校长。他上任不久，就宣布全体员工每天必须签到并注明时间。周五，他把考勤簿拿来查看——情况好极了！当他满意地正准备把签得密密麻麻的簿子合上时，却发现一处空白，显得很不协调。他立即命人去把那个不服帖的人找来。

“听着，阿尔伯特，我已规定所有员工必须在考勤簿上签到，你知道吗？”

“知道，先生。”

“那么，你签了没有？”

“没有，先生。”

“我一旦订下制度，就意味着每个人必须照办，谁不照办，就得请便——你懂我的意思吗？”

“我懂，先生。”

“那你为什么不签？”

阿尔伯特涨红了脸，半晌不说话，最后只好以实相告：“我签不好，先生。”

“什么？签不好？天啊！下一句话你该不会说你不识字吧？”

“确实不识字，先生。”

“太可怕了！简直令人难以置信：一个在教育机构工作的人竟不识字……够了！你知道我这儿不容许低效率，给你一周时间，另谋生路吧！”

阿尔伯特走出学校时，天已黑了。在今天这个20年来最倒霉的日子里，他提醒自己一定得买半磅香肠带回家。

猛地，他打了一个冷战——记起自己常去买香肠的那家小食品店店主威格丝太太前天死了，店门至今还关着，附近再没有卖香肠的店。

“真该死，为什么整个街区没有第二家香肠店呢？”阿尔伯特情绪坏到了极点，直觉得眼前漆黑。倏地，一个念头像闪电一样晃进他的脑子：既然如此，何不自己开一家呢？这些年好歹攒了一些钱，何况现在又失了业……对！就把威格丝太太的店盘过来，作为谋生之路吧！

他兴奋得把失业的烦恼抛到了九霄云外。一星期后，食品店重新开张，阿尔伯特做了店主。

生意不坏。阿尔伯特心想：把香肠做熟再卖不更好吗？于是，他开始加工香肠，并在一大早就把热气腾腾的香肠端出去。正值11月份，天冷又多雾，热香肠诱人的香味，吸引来一批又一批顾客。

为了应付店前“长龙”，阿尔伯特想出了新点子：削制了许多小木筷子，把香肠夹在半切开的面包里，串在筷子上卖。这种早点经济又方便，一面世就大受欢迎，结果，“长龙”不但没有消失，反而更长了。阿尔伯特一个月内接连雇了两个帮手，仍然忙不过来，顾客把店门都快挤破了。

他灵机一动，雇了一个半大的孩子，让他蹬着三轮车到街头流动出售，这果然减轻了店门前的拥挤，生意也因此做得更大。

随着“霍布代尔香肠”的名声越来越响，他的小吃馆变成了大饭店，还开了两家分店。为了保证货源，他开始自己制作香肠，而不再依赖批发商。

入夏了，这是一个特别炎热的夏天，没有多少人愿意吃热香肠——实际上，任何热食都勾不起人的食欲。阿尔伯特转念一想：“既然天热得大家都不愿下厨，也不愿挤饭馆，何不把香肠做熟晾凉，然后把凉香肠送货上门呢？说干就干！3个孩子一齐出动，蹬着车子穿街走巷，专卖串在竹筷上的“面包夹香肠”。这个夏季的销售量竟比冬季还要多！

5年以后，任何人到曼彻斯特市，不管大街小巷，都可以看到蹬车叫卖香肠的孩子。又过了几年，就连最繁华的大街上，也有了“霍布代尔香肠店”的分店，且是产、供、销“一条龙”服务。

随着事业发展，阿尔伯特感到需要提高新工人的技术水平。他与学区教育委员会联系，申请创建一所“香肠制作技术学校”。

这位实业家的想法得到了学区教委的大力支持，筹备工作进展顺利，双方商定：由学区委派正、副校长，而教师，则主要从高、中级职员和技术工人中选聘。

不久，副校长打来一个电话说：“霍布代尔香肠制作技术学校”不久即可开学，特请董事长题写校名。

阿尔伯特哑然失笑，回话说：“副校长先生，真对不起，还是请你们中间哪一位代劳吧，我写不好。”副校长有点不悦，说：“霍布代尔先生，不要推辞了，像您这样卓有成就的实业家，不是出自‘剑桥’、‘牛津’，就是在国外深造过。生意再忙，写这样几个字还是抽得出时间的吧？”

阿尔伯特只好以实相告：“副校长先生，我真的写不好。说来也许您不相信：10 多年前，我还是个‘老粗’——既不会写、也不会读，就连自己的名字，也是经商以后学会写的。”

副校长几乎不相信自己的耳朵，在电话那头沉默了好一阵。最后说：“霍布代尔先生，您真了不起。在没有受过正规教育的条件下，竟然做出了这样一番大事业。我想倘若您 10 年前就能读会写的话，那今天又该是怎样的人呢？”

阿尔伯特放声大笑：“格雷大街中学的校工——一周挣 5 英镑，先生！”

“啊——”电话里传来一声惊呼，原来，那副校长不是别人，正是当年把阿尔伯特赶出校门的约翰逊先生。

在追求中立身

不放弃内心的追求

改变别人不容易，若要得到别人的好感，必须先改变自己，因为，这样才能心想事成。

——永　崎

世界第一名女性打击乐独奏家伊芙琳·格兰妮说：“从一开始我就决定：一定不要让其他人的观点影响了我成为一名音乐家的热情。”

她成长在苏格兰东北部的一个农场，从 8 岁时她就开始学习钢琴。随着年龄的增长，她对音乐的热情与日俱增。但不幸的是，她的听力却在渐渐地下降，医生们断定这是由于难以康复的神经损伤造成的，而且断定她到 12 岁将会彻底耳聋。

可是，她对音乐的热爱却从未停止过。她的目标是成为打击乐独奏家，虽然当时并没有这么一类音乐家。为了演奏，她学会了用不同的方法“聆听”其他人演奏的音乐。她只穿着长袜演奏，这样她就能通过她的身体和想象感觉到每个音符的震动，她几乎用她所有的感官来感受着她的整个音乐世界。

她决心成为一名音乐家，于是她向伦敦著名的皇家音乐学院提出了申请。因为以前从来没有一个聋学生提出过申请，所以一些老师反对接收她入学。但是她的演奏征服了所有的老师，她顺利地入了学，并在毕业时荣获了学院的最高荣誉奖。

从那以后，她的目标就致力于成为第一位专职的打击乐独奏家，并且为打击乐独奏谱写和改编了很多乐曲，因为那时几乎没有专为打击乐而谱写的乐曲。

她用自己的不懈追求向世人展现了一个奇迹！

追问事情的究竟

横溢的天才，如沃土，如不加耕耘，即可能产生杂草，而不产生葡萄、橄榄供人享用。

——休　谟

天刚发亮，少年沈括就约齐几个伙伴，要一起到城外的山林里去。妈妈不明白，儿子这么早去干啥呀。沈括告诉妈妈：“我要去深山亲眼看看，为什么‘人间四月芳菲尽，山寺桃花始盛开’。”这两句诗是他昨天在书上读到的。妈妈知道儿子是从来不放过一个弄不明白的问题的，也就不阻拦他，往儿子的手上塞过一件小棉袄说：“山里冷，带上吧。”

沈括一行兴致勃勃地爬上高山。深山里，红艳艳的桃花开得正茂盛。伙伴们争论起来，有的说，山下的桃花早谢了，这里的桃花才开是因为桃树的品种不一样；有的说，也许桃花开花没有规律，想什么时候开就什么时候开……争论没有结果，大家互不服气。一阵寒风吹来，大家都觉得凉飕飕的，沈括穿上了妈妈给的小棉袄。刚才大家争论时，沈括一言没发，他觉得伙伴们的话都说服不了人。

回去的路上，深山的寒意渐渐地消失了，沈括反复思考，得出了山里山外的桃树为什么不同时开花的结论，他认真地对伙伴们说：“桃花的开花时间我想是和地势、气温有关系，山里地势比平原高，气温比较低，所以植物开花就比较迟，这是地气不同的缘故。”伙伴们认为这个解释很有道理。

沈括就是这样，对任何事情都有一股子钻劲，对不懂的问题非要弄个明白，再加上他从小读了许多书，所以他很早就以博学多才而闻名。

沈括博览群书，但并不迷信书本，而更注重实践。有一次，他读《汉书·地理志》时，读到“高奴（今延安一带）县有洧水，可燃”这句话。当时他不知道洧水是什么东西。后来他到这个地区任知州，就特地进行考察。他找到了这种“洧水”，了解了它是从沙石缝中渗出来的一种褐色液体，当地人叫它“石漆”、“石脂”，用它做饭、点灯和取暖。沈括也采了一些回来。晚上，他把它点燃观察，觉得它燃烧起来同燃烧麻类一样，可是烟特别重，把屋子都熏黑了。沈括灵机一动，想这黑乎乎的烟炱又厚又亮，可以用来写字呀！他把烟炱收集起来，制成了墨，果然可以用来写字。沈括还给这种可燃液体取了一个新的名字，叫“石油”。这个名字一直被沿用到今天。他还预言：石油这种东西，以后一定会“大行于世”。果然，石油作为一种重要的能源，已在世界上得到广泛使用。

在科学研究中，沈括有许多重大的发现，取得了很大成就。有一次，沈括在太行山考察，发现许多堆积在一起的螺蚌壳和卵石。这海里的东西怎么在山上呢？他经过分析后认为，这里在古时候一定是海滨，现在的陆地是由泥沙沉积而成的。沈括的这个科学论断在世界上领先了好几百年。

在晚年，沈括把自己一生从事科学研究的体会和成果写成一本书，它就是洋洋30大卷的《梦溪笔谈》，它的内容涉及自然科学和社会科学的各个领域，被世人赞誉为中外科学史上一部罕见的百科全书。

小司炉工

喜欢做事的人，能因完成一件事而喜悦，这种人是最幸福的。

——歌　德

牛儿在山坡上吃草，放牛的孩子斯蒂芬逊蹲在地上捏泥巴。他捏的既不是小狗，也不是小猫，而是机器、蒸汽机的模型。斯蒂芬逊的爸爸在煤矿做工，他天天给爸爸送饭。矿上轰隆轰隆转动的大机器使他入了迷，只要有机会，他就要溜到机器旁去看个仔细。

14 岁时，斯蒂芬逊高高兴兴地当上了司炉工。能亲手操纵机器，他很快活。然而，没过多少时间，他就觉得光操纵不过瘾，总琢磨着这机器是怎样转动起来的，想看看它的内部结构。

有一天，别人都下班回家了，他提出要留下来擦洗机器。蒸汽机被他拆开了，所有的零件他都看过了，但重新装配可不是一件容易事。他费了九牛二虎之力，忙活了好长时间，才勉强把蒸汽机安装好。

夜里，斯蒂芬逊睡不着觉，担心明天那台机器是不是能够正常工作。第二天，那台机器转得比平时还要好。斯蒂芬逊快乐起来，同时也强烈地感到要熟练地操纵机器，特别是想改进和制造机器的话，自己这点知识远远不够。

为了更好地同机器打交道，17 岁的斯蒂芬逊不顾别人的嘲笑，毅然决然地走进了煤矿夜校的大门，和七八岁的儿童一起开始学文化，硬是摘掉了文盲帽子。有了文化知识，他阅读了大量科技书籍。知识使他如虎添翼，他的工作能力大大提高，不久被破格提为工程师。

斯蒂芬逊长年在煤矿，亲眼见到马车运煤一是慢，二是装不多，便决心制造一种能在轨道上行驶的蒸汽机车，来代替落后的马拉车。经过多年的努力，他发明和造出了火车，使交通运输跨入了崭新的时代。

绘出好用的地图

一个人钻研的愈多，他学习到的愈多，一个人学习到的愈多，他愈了解到他所知道的何其浅薄。

——威斯特

公元 231 年的一天，在一个朝廷官员的家里，几个学究模样的人正在一起欣赏一篇文章。他们一边看一边赞叹："真想不到，真想不到啊!"为什么想不到呢？因为那篇文章是一个8岁的孩子写的。这个孩子叫裴秀。

裴秀出生在一个官僚世家，从小受过良好的教育，不但才智过人，品行也很出色，因此远近闻名。三国归晋，司马炎当了晋朝皇帝以后，任命裴秀担任司空。司空是掌管工程的官，也掌管国家的地图和户籍人口。

有一次，裴秀要了解全国土地人口的变动情况，查看前人绘制的《天下大图》。这是一幅全国地图，用80匹细绢绘制而成，查阅时要好几个人抬着，而且要花几天的时间才能看完一遍。裴秀觉得这地图实在太笨重了，使用起来真不方便。他想，要是有一幅小型的地图，查阅时能一目了然，就要方便得多。而且，这幅大图是前人所绘，有的地方也需要修改了。

有了这个想法，裴秀就把这件事放在了心上。他琢磨着，要把地图画小，关键在于比例。经过一段时间的尝试，裴秀把《天下大图》缩绘成了《地形方丈图》。《地形方丈图》一丈见方，原图中的山川河流、村庄城镇都清清楚楚地标在上面。

经过多年的探索和在绘制地图中的实践，裴秀总结出了六条制图规则，这就是"制图六体"。其中最主要的是比例和方位，其次是道路的距离、地势的起伏和倾斜缓急、山川的分布和走向。裴秀的"制图六体"为我国的制图学奠定了科学基础。

心中的梦想

> 人生只有一事算得是成功的——能够依照你自己的方式去生活。
>
> ——摩尔利

世界冠军摩拉里早在少不更事守着电视看奥运比赛的年纪，心中就充满了梦想，梦想着即将到来的鏖战时刻。

1984年的洛杉矶奥运会前夕，摩拉里已经有幸跻身于最优秀的参赛运动员之列。令人遗憾的是，在赛场上，他发挥欠佳，只获得一枚银牌，与冠军擦肩而过。他没有灰心丧气，从光荣的梦想中淡出之后，他把目标瞄准了 1988 年的韩国汉城奥运会。

这一次，他的梦想在奥运预选赛上就告破灭，他被淘汰了，跟大多数受挫情况下人们的反应一样，他变得沮丧，一蹶不振把体育的梦想深埋心中，有 3 年的时间，他很少游泳，那成了他心中永远的痛。

但是，在摩拉里的心中，自始至终有股燃烧的烈焰，没法子完全把它扑灭。离 1992 年夏季奥运会只有不到一年的时间了，他终于沉不住气了决定再来个孤注一掷。在属于年轻人的游泳赛事中，30 多岁的人就算是高龄了，摩拉里久已脱离体育运动，再去百米蝶泳的比赛中与那些优秀的选手们拼搏，简直就像是拿着枪矛戳风车的唐·吉诃德一样的自不量力。

在预赛中，他的成绩比世界纪录慢一秒多，因此，在决赛中他必须付出更多的努力，他努力地为自己增压打气。他一次次地想象自己在游泳池中奋力前进，在实际比赛中，他的速度果然是不可思议的快，超过其他的竞赛者而一路遥遥领先，他不仅夺得了冠军，也破了世界纪录。

梦想一个更美好的我

决定你幸福或不幸福的，不在于你有什么，或你是谁，或你在什么地方，或你正在做什么，而是你怎么想。

——卡内基

普拉格曼是美国当代著名的小说家，他的学历不高，甚至没念完高中。在他的长篇小说获奖典礼上，有位记者问道：你毕生成功最关键的转折点在何时何地？普拉格曼认为第二次世界大战期间在海军服役的那段生活，是他人生受正式教育的开端。他回忆说：

“1944 年 8 月的一天午夜。2 天前他在战役中受伤，双腿暂时瘫痪了。

为了挽救他的生命和双腿，舰长下令由一名海军下士驾一艘小船，趁着夜色把他送上岸去战地医院医治。不幸，小船在那不勒斯海湾中迷失了方向，那名掌舵的下士惊慌失措，差点要拔枪自杀……普拉格曼镇定地劝告他说：‘你别开枪，我有一种神秘的预感，虽然我们在危机四伏的黑暗中飘荡了4个多小时，孤立无援，而且我还在淌血……不过我认为即使失败也要有耐性，绝不要堕入绝望的深渊。’没等他把话说完，突然前方岸上射向敌机的高射炮的爆炸火光闪亮了起来，原来他们的小船离码头还不到6千米……”

脱险之后，普拉格曼在回忆中这样写道：

“自从那夜之后，此番经历一直留在我的心中。这个戏剧性事件竟包容了对生活真谛认识的整个态度。因为我有不可征服的信心，坚韧不拔，绝不失望，即使在最黑暗最危险的时刻，我相信命运还是能把我召向一个陌生而又神秘的目的地……”

“尽管每天我总有某方面的失败，但当我掉进自己弱点的陷阱时，我总是提醒自己，重要的是要了解所以失败的原因，这是更接近认识自我的一种日常生活严峻的考验。无论如何，当我相信自己还能梦想一个比现在更美好的我时，我就找到了慰藉，就找到了工作过程中的深深的快乐。”

不知追求的鹰

> 人们最好在运筹帷幄时胆小一点，并想及所有不良后果；但在必须行动的时候，便要大胆敢为。
>
> ——西罗多得

这是美国印第安人的故事。有一个勇士发现了一枚老鹰的蛋，就把它放在松鸡的巢里，后来雏鹰被母松鸡孵出，就跟着一窝小松鸡长大了。

这只被调了包的鹰终其一生地以为自己是一只松鸡，它的所有行为也都像一只松鸡。它在土里用爪子找种子和小虫吃，它咯咯而啼，只会简单地拍打翅膀，抖落羽毛，离地不到几尺高地疾飞一阵，因为松鸡就是这么飞的。

一年年过去了，鹰也上了岁数了。有一天，它抬头忽然看见一只很大的鸟在万里无云的晴空上，展开强壮的双翅，顺着劲风翱翔，姿态十分优雅，有如王者之尊。

“那只鸟真好看。”地上的老鹰问它的同伴说：“那是什么鸟啊？”

“那是老鹰，鸟中之王。你看它干什么？你永远也不会像它的。”

下一次就是你

当批评减少而增多鼓励和夸奖时，人们所做的好事会增加，而不好的事会受到忽视而萎缩。

——卡内基

有一个女孩对足球十分痴迷，一个偶然机会，她被父亲送到了体校学踢足球。

在体校，这个女孩实在不是很出色的球员，因为此前她并没有受过规范的训练，踢球的动作、感觉都比不上先入校的队友。女孩上场训练踢球时常常受到队友们的奚落，说她是“野路子”球员，女孩为此很难为情，她也想踢好球，成为队友们前进的榜样，然后进入职业队。每个队员踢足球的目标就是进职业队打上主力。这时，职业队也经常去体校挑选后备力量，每次选人，女孩都卖力地踢球，然而终场哨响，女孩总是没有被选中，而她的队友已经有不少陆续进了职业队，没选中的也有人悄悄离队。

于是，平时训练最刻苦认真的女孩便去找一直对她赞赏有加的教练，教练总是很委婉地说：“名额不够，下一次就是你。”“下一次就是你”这句话就像黑夜中的一盏明灯，使天真的女孩似乎看到了希望，树立了信心，又努力地接着练了下去。

一年之后，女孩仍没有被选上，她实在没有信心再练下去，她认为自己虽然场上意识不错，但个头太矮，又是半路出家，再加上每次选人时，她都迫切希望被选中，因此上场后就显得紧张，导致平时训练水平发挥不出来。她为自己在足球道路上黯淡的前程感到迷茫，就有了离开体校放弃踢球生涯的打算。

这天，她没有参加训练，而是直接找到教练并告诉教练说："看来我不适合踢足球了，我想读书，想考大学。"教练见女孩去意已决，默默地看着她，什么也没说。令人没想到的是，第二天女孩却收到了职业队的录取通知书。她激动不已地立马前去报了到。其实，她骨子里还是喜欢着足球。女孩这次很高兴地跑去找教练了，她发现教练的眼中同她一样闪烁着喜悦的光芒。教练这次开口说话了："孩子，以前我总说下一次就是你，其实那句话不是真的，我是不想打击你而告诉你说你的球艺还不精，我是希望你一直努力下去啊！"女孩一下子什么都明白了。

在职业队受到良好系统实战训练后女孩充满信心，她很快便脱颖而出。她就是获得20世纪世界最佳女子足球运动员的我国球星孙雯。

致富的愿望

怯懦者失败的机会和胆大的人一样多。

——海伦·凯勒

哈里森是美国路易斯安那州一个黑人佃农家的孩子，5岁时就开始劳动，9岁之前就以赶骡子为生。这并不是什么特殊的事，大多数佃农的孩子都是很早就参加劳动的。小哈里森与他的朋友有一点不同：他有一位不平常的母亲。他的母亲不肯接受这种仅能糊口的生活。她知道自己贫困的家庭被一个繁荣昌盛的世界所包围，她无法接受这个事实，相信其中一定有些蹊跷。过去，她时常同儿子谈论她的梦想：

"哈里森，我们不应该贫穷。我不愿意听到你说：我们的贫穷是上帝的赐予。我们的贫穷不是由于上帝的缘故，而是因为你的父亲从来就没有产生过致富的愿望，我们家庭中的任何人都没有产生过出人头地的想法。"

只是因为没有人产生过致富的愿望，这个观念在哈里森的心灵深处刻下了深深的烙印，以致改变了他的一生。他开始想走上致富之路，他细心观察着周围的一切商业活动，并寻找一切机会去赚钱。这样，他的致富的愿望就像火花一样迸发出来。他决定把经商作为生财的一条捷径，最后定下来经营牙膏。于是他就挨家挨户出售牙膏达 12 年之久。后来他获悉供应他牙膏的那个公司即将拍卖出售。这个公司的售价是 15 万美元。他在经营牙膏的 12 年中一点一滴地积蓄了 2.5 万美元。双方达成了协议：他先交 2.5 万美元的保证金，然后在 10 天的限期内付清剩下的 12.5 万美元。协议规定，如果他不能在 10 天内筹齐这笔款子，他就要丧失他所交付的保证金。

当他已用尽了所知道的一切贷款来源时，还差 1 万美元。那时已是沉沉深夜，他在幽暗的房间里，跪下来祷告，祈求上帝领他去见一个会及时借给他 1 万美元的人。他自言自语地说："我要驱车走遍第 61 号大街，直到我在一栋商业大楼里看到第一道灯光。"

夜里 11 点钟，哈里森驱车沿芝加哥 61 号大街驶去。驶过几个街区后，他看见一所承包商事务所亮着灯光。他知道，他的机会是 0.001，或许就是 0，但他告诉自己：贫穷只是因为你没有致富的野心。可是他是想发财的，于是他只能或者说必须走进去。在那里，在一张写字台旁坐着一个因深夜工作而疲乏不堪的人，哈里森似乎认识他。哈里森意识到自己必须勇敢些。

"你想赚 1000 美元吗？"哈里森直截了当地问道。

这句话使得这位承包商吓得向后仰去。"是呀，当然想！"他答道。"那么，给我开一张 1 万美元的支票，当我奉还这笔借款时，我将另付 1000 美元利息。"哈里森对那个人说。他把其他借款给他的人的名单给这位承包商看，并且详细地解释了这次商业风险的情况。

那天夜里，哈里森在离开这个事务所时，衣袋里已装了一张 1 万美元的支票。以后，他不仅在那个牙膏公司，而且在其他 7 个公司，包括 4 个化妆品公司、1 个袜类贸易公司、1 个标签公司和 1 个报馆，都获得了控制权。

人们要求他谈谈自己的成功奥秘时，他用他的母亲在多年前所说的话回答道：“我们是贫穷的，但这并不是由于上帝，而是由于你们的父亲从来没有产生过致富的愿望，在我们的家庭中，从来没有一个人想到过改变自己目前的处境。”

飞向自己的目标

你可能犯各种错误，但只要你豁达、坦诚，并且勇敢，你就不会对这世界有害。世界是属于年轻人的。

——温斯顿·丘吉尔

尤金·克里夫的父母婚后一直不和，从小尤金降生到这个孤岛上起，就成了性格暴躁的父亲的出气筒。母亲跟人有私，儿子成了她的障碍物。小尤金没有享受到孩提时代应有的家庭温暖，更没有机会受到良好的教育。

尤金18岁了，必须自立。他到餐厅洗碟子，帮人打杂。他省吃俭用，买了一辆旧汽车，当上了出租汽车司机。

一天深夜，他驱车经过一处袋鼠经常出没的地方。由于他未关闭车前灯，路旁的袋鼠见到强烈的灯光，以为是敌人来袭击，就跳到公路上奋起反抗，与汽车相撞。汽车滚进了山沟，他严重受伤，不省人事。

当他在医院里苏醒过来时，双腿已被截肢！他躺在医院的病床上，听海滨的惊涛拍岸，想自己的茫茫未来，浑身打起冷战。女友莎丽小姐来看尤金时，被眼前的一切惊呆了。她掉转头哭着跑了，从此与尤金分了手。覆水难收，徒悔无益。面对这般境地，尤金的心却异常地平静。尤金并不甘心靠残废金度过余生。他要重新开始生活。

他以一种奇特的旁人不可想象的方式来对待肉体上的痛苦。每当伤口疼得他大汗淋漓时，他从不呻吟，而是请求护士替他借点书来看看。

“借书！什么书？”护士小姐莫名其妙地问。

“什么都行，只要能够解除我的痛楚。”

护士感到茫然。她胡乱地借来几本有关飞机工业发展情况的书，其中有一本威廉·波音的传记。正是这本书，给这位青年带来了希望之光。

威廉·波音是美国西雅图一位木材商的儿子。他向往在蓝天飞翔，于是在西雅图市郊办起了一个木头飞机厂，利用那里廉价的木材制造飞机。由于威廉·波音的不懈努力，飞机越造越先进，从木制飞机到金属飞机，以至在第二次世界大战期间，他办成了美国最大、最先进的飞机制造公司。如今的波音707、波音747、波音767等，更是誉满全球。

他孜孜不倦地自学起飞机构造原理、机械制图、航空理论等枯燥乏味的知识来。这对一个处在肉体痛苦之中、文化程度不高的19岁残疾青年来说，是多么不容易！

他装上了假肢。19岁了，却要像咿呀学语的孩童学步那样，重新学习站起来，迈开第一步——步履艰难的第一步。

他迈着这双假腿，进出于图书馆、阅览室。太疲乏了，就到大海里练冲浪。冲浪运动是这个国家青年人的一项特殊嗜好。许多运动员由于冲浪，被海水时而弄湿的头发在烈日下曝晒变得发白了。那些胆小而不敢驾驭巨浪的男孩子们，却用阿贾克斯牌漂白药水弄白了头发，冒充自己也是冲浪勇士。尤金·克里夫的头发显然也是白的，然而却是真格的！他像健康人那样，带着一副滑水板，在大海的波峰浪谷里上下穿行。在那踩风破浪的弄潮儿队伍里，谁能想象，尤金·克里夫的双腿是装上去的！

他顽强地进行体育锻炼。他用更顽强的意志进行自学。他像一块吸水的海绵，浸没在知识的海洋里，如饥似渴地吸收着。

8年后，尤金·克里夫设计出一种世界上最轻巧的飞机。这种飞机只有100千克重，可以乘坐12个人，时速300千米。它不用跑道，可以在普通的公路上起飞，平时可以挂在小汽车后面带走。22岁的尤金·克里夫，驾驶着自己设计的小飞机，拖着他4年前驾小汽车致残的双腿，直上蓝天。他越过小岛的山峦，跨过海洋，像海鸥那样，自由地飞向自己的目标。

做自己还能做的事情

往前走，失败没有关系。但要败得有智能，败得优雅，败得有格调。

——汤姆·鲁宾斯

米契尔曾经是一个不幸的人。一次意外事故，把他身上65%以上的皮肤都烧坏了，为此他动了16次手术。手术后，他无法拿起叉子，无法拨电话，也无法一个人上厕所，但以前曾是海军陆战队员的米契尔从不认为他被打败了。他说："我完全可以掌握我自己的人生之船，我可以选择把目前的状况看成倒退或是一个起点。"6个月之后，他又能开飞机了！

米契尔为自己在科罗拉多州买了一幢维多利亚式的房子，另外也买了房地产，一架飞机及一家酒吧，后来他和两个朋友合资开了一家公司，专门生产以木材为燃料的炉子，这家公司后来变成佛蒙特州第二大私人公司。

米契尔开办公司后的第4年，他开的飞机在起飞时又摔回跑道，把他胸部的12条脊椎骨全压得粉碎，腰部以下永远瘫痪！"我不解的是为什么这些事老是发生在我身上，我到底是造了什么孽？要遭到这样的报应？"

米契尔仍不屈不挠，日夜努力使自己能达到最高限度的独立自主，他被选为科罗拉多州孤峰顶镇的镇长，以保护小镇的美景及环境，使之不因矿产的开采而遭受破坏。米契尔后来也竞选国会议员，他用一句"不只是另一张小白脸"的口号，将自己难看的脸转化成一项有利的资产。

尽管面貌骇人、行动不便，米契尔却坠入爱河，且完成终身大事，也拿到了公共行政硕士，并持续他的飞行活动、环保运动及公共演说。

米契尔说："我瘫痪之前可以做1万件事，现在我只能做9000件。我可以把注意力放在我无法再做的1000件事上，或是把目光放在我还能做的9000件事上。告诉大家说，我的人生曾遭受过两次重大的挫折，如果我能不把挫折当成放弃努力的借口，那么，或许你们也可以从一个新的角度，来看待一些一直让你们裹足不前的经历。你可以退一步，想开一点，然后你就有机会说：‘或许那也没什么大不了的！’”

拼出来的物理学家

在争取正义的奋斗中，我们唯一的报偿只是一个机会。你不必指望你明天即将会有这个机会，而是必须努力不懈。

——佛烈德瑞克·道格拉斯

钱伟长的父亲是一位乡村小学教师，因家境贫寒，在苦水里泡大的钱伟长与父辈们一样，很小的时候就在地里干活，挖金花菜、芥菜。转眼到了上学的年龄，却没钱上学，他偷偷到父亲和叔叔教书的学校里听课。后来，他父亲到城里的中学教书，钱伟长就“走后门”念了一年初中。

1928 年秋，他考入了苏州中学，开始了 3 年高中生活。

进入高中以后，钱伟长十分喜欢国文（就是现在的语文），历史也不错，可是数学却是一塌糊涂，常常考不及格。1931 年夏天，钱伟长高中毕业，他一下子报考了 5 所大学，国文与历史成绩极好，不是 100 分就是 90 多分，而其他科目只考了二三十分，不过最后把各科的分数加起来还是考取了。1931 年 9 月 10 日，钱伟长来到清华大学，进入了中文系学习。

到清华大学不几天，震惊中外的“九·一八”事变爆发了，抱着科学救国的理想，钱伟长在一夜之间改变了初衷，毅然决定要学习物理学。物理考试成绩曾经只考过 25 分的钱伟长想进物理系简直比登天还难。于是他开始发愤学习物理。

他早晨五六点就起床，晚上熄灯后还到厕所里的灯下看书。每天他最多睡 5 个小时觉。他就是靠着这种拼搏的精神，终于为日后研究物理学打下了坚实基础。

米芾的苦恼

> 休息并不是浪费生命，它能够让你在清醒的时候，做更多清醒、有效率的事。
>
> ——卡内基

米芾是北宋著名的书画家，他不但绘画有名，而且书法也很有造诣。

米芾小时候就十分喜爱书法，他非常想把字写好，可是练了好长一段时间，仍然写得平平常常，没有什么长进。米芾心里苦恼极了。

一天，村里来了一个秀才，秀才是赶考路过这里的。米芾听说这秀才的字写得很好，便赶忙跑去求教。秀才看米芾这小孩十分好学，就答应教他试试。

秀才拿出一本字帖交给米芾说："你每天照着这本字帖练习，写好了拿给我批阅。"米芾照着字帖很快就写了一大沓纸的字，然后兴冲冲地跑去恭恭敬敬地交给老师。谁知秀才接过他写的字看了一会，脸色变得冷冷的，对米芾说：

"要请我教字，要答应我个条件，用我的纸才行。"

米芾感到莫名其妙，但为了顺从老师，满口答应道：

"只要能写字，怎么都行。"

秀才望着米芾笑了一笑，说：

"我的纸可要五两纹银一张。"

米芾惊得目瞪口呆，他想，这不是存心为难我吗？心里不禁犹豫起来。

"不买我的纸就算了。"

一听秀才说算了，米芾心里着了慌，他一边往家里跑一边说：

"我找钱去。"

米芾的家里并不富裕，哪里拿得出钱来买这么贵的纸呢？母亲经不住米芾的再三央求，就用自己的首饰当了五两纹银，给米芾拿去买纸。

秀才接过银子，把一张纸交给米芾，说："你好好地写吧。"说完把银子装进衣袖筒里走了。

米芾接过那张纸，左看右看，觉得它不过是一张普通的纸。这一次米芾可不敢随便下笔了，他只是在那里琢磨字，用手在桌子上划来划去，想着字帖里的字的肩架和笔锋。琢磨来，琢磨去，便入了迷，把字帖上的字一个个都印在自己的心上了。

过了很久，秀才才回来，看着米芾呆呆地坐在书桌旁，手握着笔，对着字帖出神，便问："怎么不写呀？"

米芾如大梦初醒，喃喃地说："纸贵，怕废了纸。"

秀才哈哈大笑，用扇子指着纸说："你琢磨了这么半天，写个字给我看看。"

这可奇了。米芾写了个"永"字，既和字帖上的一样，又不一样，漂亮极了。秀才乐了，米芾也十分高兴。

秀才问米芾："你现在为什么能写好？"

"过去虽然写字，总没有用心。这次因为纸贵，怕浪费了纸，所以先把字琢磨透了才写。"

几天过去了，秀才要走了。米芾依依不舍地送别老师。分手时，秀才送给他一个布包，说："不枉师生一场，我送给你这小小的礼物，但你一定要在我走后才打开。"秀才说完上路走了。米芾目送着老师，直到望不见他的背影才回家。回家打开布包一看，米芾不禁泪水夺眶而出，原来这包里正是那买纸的 5 两纹银。

米芾后来成为了著名的画家和书法家，他一直把这 5 两银子放在案头，时刻铭记着这位苦心教他写字的秀才。

追寻精神的源头

不是自己出头的时候，就不要插嘴说话，什么事都想要插嘴的人，就是没有自信。

——易卜生

弗洛伊德1856年5月6日出生于奥匈帝国摩拉维亚弗赖贝格，父亲雅科布是犹太毛皮商人。他在和弗洛伊德的母亲结婚前，曾结过一次婚。弗洛伊德诞生时，其父40岁，似乎是一个不亲近人而自居权威的人物，而母亲则给他较多的抚育和感情。弗洛伊德虽然有2个异母哥哥，但他和比他大1岁的侄子约翰的关系似乎更为密切。

10岁时，环境稍有变化，弗洛伊德上了中学。在中学的几年里，弗洛伊德读书非常刻苦。他不满足教科书中所讲到的知识，总是按教科书的提示去阅读大量的参考书。他做的练习比老师布置得还要多。他把解难题当做一种乐趣，这一爱好培养了他独立思考，敢于解决困难的精神。

弗洛伊德除了学好所有的课程外他还阅读了大量课外书籍，而且还自修希伯来文，他精通拉丁文、希腊文、法文、英文、意大利文和西班牙文。

中学时期，他年年都是班级里的第一名，中学毕业时又因品学兼优被保送到维也纳大学医学院学习。

那一段时期正值达尔文的《物种起源》学说风靡欧洲，弗希纳创立了心理学，巴斯德创立了细菌学，孟德尔创立了现代遗传学，这些具有划时代意义的科学成果，对弗洛伊德产生了很大影响。关心人、研究人体的奥秘推动着这位医学院学生更加倍地努力学习，除了每周28小时的专业课程，他还要去听哲学、动物学、解剖学、生理学等课程，在大学的几年里他几乎没有荒废一天，他还没有毕业就成了生理学教授布吕克的正式助手，并在老师指导下完成了好几个难度很大的科研项目，这使他在奥地利科学界初露头角。

1885年，弗洛伊德完成了他对脑髓的重要研究，被任命为神经病学讲师。年末，弗洛伊德离开维也纳到巴黎萨尔佩特里埃尔诊所，在夏尔科指导下工作，继续他的神经病理学研究。在法国首都的19个星期是他事业上的转折点，夏尔科当时正在研究“歇斯底里病人”，他的工作使弗洛伊德认识到心理障碍的根源可能存在于心灵中而不是在脑中。夏尔科证明歇斯底里症状如肢体瘫痪与催眠暗示之间有一定联系，这意味歇斯底里的病因是精神状态的力量而不是神经。虽然不久弗洛伊德就放弃对催眠术的信心，但他在第二年2月回到维也纳时心中已孕育着他的革命性的心理疗法。

回到维也纳几个月后，弗洛伊德即和玛莎·伯尼斯结婚。他们生了6个孩子，其中一个就是安娜。安娜靠自己的努力，也成为一个著名的心理分析家。E. 琼斯在他写的弗洛伊德传记中，把他的婚姻描绘成一幅光辉幸福的图像，但后来的学者们对此稍有不同看法。不过在弗洛伊德一生动乱不安的经历中，玛莎一直持深情的支持态度，这一点现在是很清楚的。

婚后不久，弗洛伊德和柏林的医生W. 弗利斯开始了最亲密的友谊，这个人在精神分析发展中所起的作用曾惹起广泛的争论。在15年的亲密交往中，弗洛伊德一些最大胆的思想都和弗利斯讨论过。弗洛伊德相信人类是双性的，身体上有性乐区，甚至认为幼儿有性欲等，这些信念和思想都很可能是受到他们友谊的鼓励。此后10年中他发展了自由联想技术。1895年，他与布罗伊尔共同发表了《歇斯底里研究》。

1896年10月，弗洛伊德的父亲在81岁生日以前不久去世。一些弗洛伊德认为曾经长期被潜抑的情绪在他身上宣泄出来了，这些情绪来自他最早年的家庭经验及感情。从1897年7月开始，弗洛伊德试着利用一个曾用了几千年的技巧——释梦——来揭示这些经验和感情的意义。弗洛伊德对分析梦的传统的贡献，是开辟了一条新路。他强调“释梦是认识无意识的捷径”。

1899年，他的著名代表作《释梦》（又译《梦的解释》）问世，但遭到了当时医学界的冷落。在此后的10年间，人们才逐渐认识到其学说的价值。一批著名学者，如荣格、阿德勒都拜入他的门下，精神分析学派初步形成。1908年，“精神分析学会”在维也纳成立。在瑞士的苏黎世，荣格主持下的

“弗洛伊德协会”也吸引了来自世界各国的研究者，培养了一批具有国际影响的精神分析工作者。

正当弗洛伊德踌躇满志的时候，第一次世界大战爆发了。这个被他称为“可恨的时代”几乎把他抛入绝境。荣格和阿德勒——弗洛伊德最著名的2位学生，在这期间也公开同弗洛伊德分离了。这更加剧了弗洛伊德的悲观情绪。而最使他绝望的是，他的3个儿子和不少出色的精神分析学者应征入伍，在前线的战场上生死不明。弗洛伊德每天都以焦虑的心情查阅报纸，关注着儿子和朋友们的生死前途。

战争期间，弗洛伊德的生活也成了问题。他的家人每天都面临着缺粮的威胁。前来诊所看病的人也寥寥无几。更糟糕的是，病魔也不断向他袭来。先是严重的风湿症，使他写字时手不停地颤抖。接着，又患了致命的下颚癌。下颚经常颤抖不已，还时常作痛。但第一次世界大战后，精神分析学受到了空前的重视，弗洛伊德也一跃成为世界知名学者。弗洛伊德自20年代起便将精神分析运用于其他领域，试图解释一切与人类精神活动有关的问题。但好景不长，30年代，希特勒上台，在全国禁止精神分析学说。1938年，82岁高龄的弗洛伊德离开了他居住79年的维也纳，去往伦敦。1939年9月23日，弗洛伊德因下颚癌而逝世。

实现主持人的梦想

名望一闪即逝，钱财振翅而飞，走红是个意外，久长唯有品格。

——阿　瑟

在美国有2个想当主持人的女孩，其中一位名叫西尔维亚，她的父亲是波士顿有名的整形外科医生，母亲在一家声誉很高的大学担任教授。她的家庭对她有很大的帮助和支持，她完全有机会实现自己的理想。她从念中学的时候起，就一直梦寐以求地想当电视节目的主持人。她觉得自己具有这方面的才干，因为每当她和别人相处时，即使是生人也都愿意亲近她并和她长谈。她知道怎样从人家嘴里“掏出心里话”。她的朋友们称她是他们的“亲密的随身精神医生”。她自己常说：“只要有人愿给我一次电视机会，我相信一定能成功。”

但是，她为达到这个理想而做了些什么呢？其实什么也没有！她在等待奇迹出现，希望一下子就当上电视节目的主持人。

西尔维亚不切实际地期待着，结果什么奇迹也没有出现。谁也不会请一个毫无经验的人去担任电视节目主持人。而且节目的主管也没有兴趣跑到外面去搜寻天才，都是别人去找他们。

另一个名叫辛迪的女孩却实现了西尔维亚的理想，成了著名的电视节目主持人。辛迪之所以会成功，就是因为她知道：“天下没有免费的午餐”，一切成功都要靠自己的努力去争取。她不像西尔维亚那样有可靠的经济来源，所以没有白白地等待机会出现。她白天去做工，晚上在大学的舞台艺术系上夜校。毕业之后，她开始谋职，跑遍了洛杉矶每一个广播电台和电视台。但是，每个地方的经理对她的答复都差不多：“不是已经有几年经验的人，我们不会雇用的。”

但是，她不愿意退缩，也没有等待机会，而是走出去寻找机会。她一连几个月仔细阅读广播电视方面的杂志，最后终于看到一则招聘广告：北达科他州有一家很小的电视台招聘一名预报天气的女孩子。

辛迪是加州人，不喜欢北方。但是，有没有阳光，是不是下雨都没有关系，她希望找到一份和电视有关的职业，干什么都行！她抓住这个工作机会，动身到北达科他州。

辛迪在那里工作了 2 年，最后在洛杉矶的电视台找到了一个工作。又过了 5 年，她终于得到提升，成为她梦想已久的节目主持人。

对戏剧的迷恋

若想克服恐惧，不要只想到自己，设法去协助别人，恐惧便会消失。

——卡内基

1564年，莎士比亚诞生在英格兰中部美丽的埃文河畔，他的父亲约翰·莎士比亚是个精明、能干的商人，主要经营手套、羊毛、皮革等物，并且在市议会里兼任一份公职。

7岁的时候，父亲把威廉送到一所文法学校去上学，可他却不用功，老是被老师用教鞭提醒着去读书。他不喜欢那些古板的祈祷文，他喜欢阅读古罗马作家用拉丁文写的历史故事，喜欢一个人在郊外的田野里漫游，听秋虫鸣叫。

尤其是每年的5月节，小城斯特拉福热闹非凡，戏剧班子从伦敦来到这里举行各种表演，这是一年中威廉最快乐的日子。他每场演出必到，戏剧班子走到哪里，他就跟到哪里，痴迷地观看着每一场精彩的演出，直到戏剧班子离开斯特拉福城为止。这使威廉的母亲玛丽·阿登忧心忡忡，她怕有一天独生子会抛下她跟着戏剧班子远走高飞。

14岁，威廉离开了学校，来到父亲的铺子里帮工。但是，他对织手套、收购羊毛等工作并不感兴趣，仍然迷恋着戏剧班子和戏剧。每有空闲，莎士比亚就到泰晤士河边的几家剧场附近转悠。

后来，他在一家剧院找到了一份工作，主要替客人看管衣帽，照料有钱的观众上下马车，还在后台打杂。从此，莎士比亚可以真正接近戏剧了。一有空闲，他就躲在后台静静地观看演员们排练。这里成了他的戏剧学校。就是在后台这个地方，孕育了一位名垂青史的戏剧大师。

如果少年时代的莎士比亚听从了父亲的安排，干上了自己不喜欢的经商职业，就不会产生后来伟大的莎士比亚。正因为他从小就与戏剧结下了不解之缘，长大以后又得以从事自己所喜爱的戏剧创作，才使他有极大的热忱和非凡的创造力为人类留下了不朽的艺术珍宝。

一字之正造福子孙

我们没有时间漠然或踌躇，现在就是振作起来积极行动的时刻。

——马丁路德·金

清代著名文字训诂学家、经学家段玉裁（1735～1815），字若膺，号茂堂，又号砚北居士，江苏金坛县人，清乾隆举人。他一生的主要成就是在学术方面，他以他的学术成就在那个时代树起了一座丰碑，为后人树立了楷模。

段玉裁6岁时从祖父学《朱子小学恭跋》，“颖异有兼人之资”，“读书日尽数千言”。25岁中举。当他爱上朴学后，拜当时经学大师戴震为师，矢志不渝，刻苦钻研。即使是他在任知县期间，“每处理公事毕，漏下之鼓，辄篝灯改窜是书以为常”。他遇到好书必购求，遇佳著必过录,。有心得必著述，为学求知毫不懈怠。段玉裁解官归里，带回72只木箱，乡人误为钱财，甚为艳羡，皆欲借贷，岂知箱内均为书稿。

段玉裁治学刻苦严谨。他在著述《说文注》时，常常为解字释义废寝忘食。相传“经韵楼”的楼板，由于他天长日久的踱步沉思竟被磨薄了。据说有一次，他为了弄明白几个字的音、形、义，竟骑着毛驴由金坛到杭州藏书楼查检。时值寒冬腊月，他顶风冒雪，来回花了近2个月的时间，才把问题搞清楚。回金坛后，有人问他：“您府上有72箱书，难道这几个字还查不到吗?”段笑着说：“书到用时方恨少嘛。”又有人问：“您为这几个字吃这么大苦值得吗?”他严肃地说；“一字之误，贻害千古，一字之正，造福子孙。”尤其可贵的是，段玉裁78岁时尚闭门披读《二十一经》等书。

段玉裁所著的《说文解字注》，倾注了他30年的心血。书中详尽地解说了9000多汉字的音、形、义，集国学之大成。

后代学者推崇段玉裁为“一代硕儒”、“朴学大师”，他是受之无愧的。

为科学奉献一生

> 有三件事使人生有意义：工作、意志与成功。
>
> ——路易斯

1867年11月7日，玛丽·居里出生于波兰首都华沙。他的父亲是中学的一名数学和物理教员，在他的影响下，玛丽从小就对物理现象产生了浓厚的兴趣。童年的玛丽聪慧过人，做起事来总是认认真真。由于当时的波兰正处于沙皇俄国的占领之下，玛丽一家和所有波兰人一样备受折磨。她的姐姐和母亲也相继去世。

6岁的那一年，玛丽背起书包去上学读书。可是那个时候，她的祖国波兰已经被奥、俄等几个国家瓜分了，华沙当时被并入了俄国的领土。

在学校里，学生们只能学俄语，但是学校为了反抗俄国的统治，仍然偷偷地教学生们波兰语。学校有一个俄国督学，常常耀武扬威地监视师生们的行动，学校为了防备督学的突然到来，于是在每一个教室里，都安装了一个秘密的电铃，只要一有情况这个电铃就会非常小声地叫上两声。

这个时候，学生和老师们就会把书藏起来，然后假装地拿起俄国督学规定的教材。

一天，督学又突然对学校进行检查，玛丽他们班上正好老师在教学生们学波兰语，大家听到警告的铃声后赶紧把书藏在了秘密的地方，然后桌子上又重新摆起了规定的教材，讲台上老师手里拿着一本俄文书，假装津津有味地念着。不一会儿，一个剪着短发戴着一副金边眼镜的男人走了进来，他便是俄国督学。

督学进来以后，用怀疑的眼光扫了大家一眼后，气势汹汹地说道：“给我叫一个学生起来，我要考一考，是不是真的在学俄国的东西。”

老师知道，这个督学又要难为学生了，于是她把班上记忆力最好的玛丽叫了起来。

“背诵你的祈祷文！”

玛丽用流利的俄语背诵了一遍，督学官没有办法了，于是又问玛丽道：“我们的神圣的俄国皇帝是哪几位呀？”

“有凯瑟琳二世、保罗一世、亚历山大一世……”

督学官看玛丽用流利的俄语回答着他提出的问题，有些怀疑地问玛丽道：“你是在俄国出生的？”

“不，我出生在波兰。”

“现在谁是你们波兰的领袖？”

玛丽此时只是咬着牙齿，她实在不愿意回答这个问题，老师和校长也十分无奈地互相交换了一下眼神。

督学看了一眼校长，然后慢条斯理道：“女士，你难道不教学生们这最神圣的名字吗？”

玛丽看着同学和老师惊恐的神态，她愤怒地回答道：“是统治俄国领土的亚历山大二世陛下。”

“下次回答问题不允许故意拖延时间。”

说完，督学官趾高气扬地跨出了教室。

但这个问题深深地刺痛了玛丽幼小的心灵，等督学官刚一走，玛丽便跑向讲台抱着老师痛哭起来，同学们也在下面默默地擦拭着眼泪。

回到家里，知道这件事的父亲安慰玛丽道：“一个国家领土可以被侵略者夺走，民族的尊严也可以暂时遭到凌辱，但是你要记住，知识是永远无法从人们的头脑里夺走的！”

父亲看到玛丽脸上有几分喜色后，又接着说：“你看罗马用武力征服了希腊，但是希腊却用文化征服了罗马！”

从此以后玛丽更加用功读书了。

1883 年 6 月，玛丽以第一名的成绩和一枚金质奖章完成了中学学业。

随后几年，她靠做家教积攒学费，先是支持姐姐去巴黎留学，后又为自己凑足去巴黎的学费。

经过3年的刻苦努力，她先后获得了物理学和数学学士学位。艰辛的求学生涯，使她的青春尽显奋斗者的风采，她也因此显得十分消瘦，甚至有些憔悴。

1895年，玛丽和志同道合的皮埃尔·居里喜结伉俪。婚后，琐碎的家务并没有磨灭居里夫人求知上进的心灵，夫妻二人互相体恤互相鼓励，幸福、和谐的家庭成了居里夫人事业的动力与后盾。他们生活清贫，工作、学习却十分紧张、投入，即使在居里夫人分娩大女儿伊雷娜期间，她依然怀着极大的兴趣研读最新的科技报告。

又过了3年，居里夫人着手提交自己的博士论文，她也以此为契机，开始向化学领域的神秘之海启航。她测试所有的化学物质，以及近万种金属。

结果证实，强而有力的放射线，是来自一种未知的新元素。皮埃尔·居里停下了自己的实验，全身心帮助妻子共同研究这种新元素。

夫妻反复试验数月后，他们向学术界发表新的成果：发现了一种比铀的放射能多200万倍的金属，这种金属的放射线可穿透木材、石材，甚至钢铁，唯一能挡住放射线的只有厚铅板而已。如果这个发现成为事实，那么几世纪以来，科学界的基础理论将被彻底推翻。居里夫人将这个放射性金属命名为“镭”。

但是，由于镭的本质和所有的金属完全不同，所以不可能有镭金属存在。此时，学术界却提出反论，并且要他们拿出证据，要求他们提炼纯粹的镭，仔细地研究、测度，并且测定其原子量。

从1808~1812年整整4年间，居里夫妇为了证明镭的存在继续努力研究。后来，他们4年的苦心研究，终于用8吨的矿石提炼出了1/10克镭，体积相当于半颗糖的大小而已。

据说，他们的实验室是早就不堪使用的破旧仓库，没有床板，屋顶也会漏雨，屋里虽有一个老式的火炉，却不能使用，所以冬天屋内和屋外的寒冷度没有两样。

又加上煮矿石、化学药品所冒出来猛烈的烟会使眼睛受到感染，也使他们的喉咙经常发炎。在极为艰难困苦的条件下，居里夫妇持续了4年的实验。最后，丈夫失望了："等到时机成熟时再做吧！"但是妻子却顽强地继续着实验。在居里夫人的一再坚持之下，终于成功地提炼出了1/10克的镭。

这个成果，使居里夫人成为全世界最杰出、最有名的女性。但是，得到荣誉的时刻，是居里夫人一生中最幸福的时刻吗？"不，错了"。她说，"在家徒四壁，连床板都没有，一面受着贫穷所逼迫，一面潜心研究的时候——那一刻才是最幸福的。"在寒冷里打哆嗦，累得支持不住，却全心全意投入所喜爱的研究中——她认为那才是一生中最快乐的时光。

如今大家都知道，镭是治疗癌症不可缺少的物质。镭的需要量在逐渐增加，而制造法却只有居里夫妇知道。因此，如果得到镭的提炼专利，那么世界各地要生产镭，她都可抽取专利金。

如果居里夫人这么做，那么无论谁都不会责难居里夫妇吧！那样一来也可改善全家的经济，居里夫人自己也不必辛苦地工作了，而且还可以建立一个设备良好的实验室，从事更进一步的研究。可是，居里夫人舍弃了这条路，她并没有因为发现镭，而接受一便士的钱。"可以这么做吗？"她说，"如果那样做的话，就违反了科学精神。那是用来治疗疾病的。"